AF290462

Grenzen und Träume

Band 5 der Puchheimer Seniorenbücher

Magie-Verlag Puchheim

Grenzen und Träume-
5. Band der Puchheimer Seniorenbücher
Gesamtleitung: Renate Weidauer

© Magie-Verlag Puchheim
Cover-Foto: Renate Weidauer
Cover-Gestaltung: Christine Niessen
Herstellung: Books on Demand GmbH, Norderstedt
ISBN: 3-936583-06-4

Inhaltsverzeichnis

Teil I - 2002

Teil II - 2003

Vorwort

Am Südrand Puchheims, am Eingang zum Gewerbegebiet „Ikaruspark", breitet die mythologische Figur des Ikaros, auf einer Säule stehend, seine Flügel aus.

Sein Vater, Daidalos, hatte für sich und den Sohn kunstvoll Flügel aus Wachs und Federn gefertigt, mit deren Hilfe sie dem Labyrinth und damit dem tödlichen Zugriff des Minotaurus entfliehen wollten.

Daidalos, der Vater, weiß um die Gefahr, wenn ein so geflügelter Mensch zu weit empor steigt. Er warnt den Sohn Ikarus, der aber nimmt die Warnung nicht ernst.

Im Rausch des vogelgleichen Fluges missachtet der Junge die Warnung des Älteren, steigt höher und höher, will die Grenze nicht wahrnehmen. Zu spät bemerkt er seinen Fehler; die Sonnenhitze schmilzt das Wachs der Flügel, sie lösen sich auf, und er stürzt in das Ikarische Meer, während der besonnene Vater Sizilien erreicht.

Die Statue des Ikaros in Puchheim ist auch eine Mahnung an die Jungen, die so oft Warnungen der Älteren belächeln und deren Ratschläge ablehnen.

Daidalos, der Vater, verkörpert den besonnenen Älteren, der zwar seine Träume hat, sie sogar verwirklicht, aber doch um die Grenzen weiß, die Menschen nicht ungestraft weit hinter sich lassen können. Er erfüllt sich seinen Traum vom Fliegen, geht mutig einen Schritt über die bisher respektierte Grenze hinaus, so, wie es immer beim Fort-Schritt geschieht, aber er erkennt die Begrenzung des Menschen.

Der Sohn Ikaros überschreitet diese Grenze, übermütig, trotz der Warnung des Vaters, des Erfahrenen. Diese Missachtung bringt dem Jüngeren den Tod.

Der Mythos von Daidalos und Ikaros beruht auf dem Gegensatz von Vater und Sohn, Alt und Jung und ihrem Verhältnis zu Grenzen und Träumen. Nur wenn sich diese gegenseitig bewirken, ist lebendige Weiterentwicklung, ist Neues möglich.
Denn wenn gelebte Erfahrung und jugendlicher Überschwang eine Symbiose eingehen, wird es gelingen, traumhaft Grenzen zu überwinden.

Franziska Steinkamm   Renate Weidauer

Renate Weidauer

Der Traum vom Fliegen

Die alte Sehnsucht, vogelgleich zu fliegen,
in Höhen, die in Götternähe reichen,
so über alles Erdgebundene zu siegen,
erfasste Daidalos und wollte nicht mehr weichen.

Und er begann:
Er baute sich in Wachs, aus Federn
die Flügel, die sein Denken längst bewegten.
Doch wo zuvor die Kraft nur den Gedanken trug,
da waren nunmehr Schwingen
und nur Luft darunter.

Er ahnte die Gefahr
und warnte seinen Sohn,
nicht allzu hoch, nicht nahe an die Sonne,
nicht bis in Götternähe aufzusteigen,
die Glut der Sonne fürchtend
und den Neid der Götter.

Doch seines Vaters Mahnung schnell vergessend,
erhob sich Ikaros, die Flügel schwingend.
Im Rausch des Fluges und des Steigens
erspürte er im Wind die Hitze nicht;
und im Triumph dem Himmel nah
schmolz ihm das Wachs,
entglitten ihm die Federn,
nichts trug ihn mehr.
Und haltlos stürzte
er nieder
in den
Tod.

Teil I

Seniorenwettbewerb 2002

Ausgewählte Texte

(Die Preisträger des Wettbewerbs 2001 durften zwar Texte einreichen, konnten aber nicht wieder ausgezeichnet werden. Mit dieser 1jährigen „Sperre" werden Seriengewinner vermieden.)

Peter Weinhold

Die Grenze des schönen Seins

Trafst du den blinden Freund einmal,
der nie mehr sehen wird das Licht.
Die Dunkelheit, die ihn umhüllt,
verbirgt das Spiel des Lebens nicht.
Er sieht die Armut unsres Scheins,
wird durch die Bilder nicht verführt
und kämpft nicht gegen sein Gefühl.
Blind ist nur der, der nichts mehr spürt.

Gisela Wimmer

Grenzenlos

Als ich ein Kind war, dachte ich,
die Welt sei mein und grenzenlos.
In Glück und Freude lachte ich.
Mir fielen Sterne in den Schoß.

Es herrschte Krieg. Noch meinte ich,
mir bliebe die Geborgenheit.
Vor Angst und Kälte weinte ich
auf banger Flucht zur Winterszeit.

In Jugendjahren wollte ich
bestimmen, was ich werden will.
Doch anders leben sollte ich.
Die brave Tochter folgte still.

Als Frau und Mutter sorgte ich
für die Familie Tag und Nacht.
Die knappe Freizeit borgte ich.
Gern hätt' ich mehr an mich gedacht.

Manch harte Grenze zeigte sich.
Es ging nicht immer nur nach Plan.
Der Lebensstrom verzweigte sich,
und vieles hab ich nicht getan!

Im Alter nun erfahre ich,
dass nur die Seele grenzenlos.
Ihr helles Licht bewahre ich
als meinen Reichtum, weit und groß.

Kurt Schöning

Die missglückte Emigration eines Wasserflohs

In einem Bach bei Waterloo,
lebte dereinst ein Wasserfloh,
den packte kurz vor Ultimo
die Sehnsucht nach dem Flusse Po.
Drum zog er an den Paletot
und schwamm auf einem Cembalo –
und außerdem inkognito –
zunächst einmal bis nach Bordeaux.
Doch dort begann das Risiko,
weil ihn im Hafen beim Depot
ein missgestimmter Cicero
streng fragte nach dem Passparto.
„Ach", sprach verwirrt der Wasserfloh,
„ich ließ daheim in Waterloo
den Passparto im Vertiko,
vielleicht bekomm ich in Bordeaux
ein Visum für die Fahrt zum Po!"
Doch leider war der Cicero
an diesem Tag recht schadenfroh
und brachte den zerknirschten Floh
zu einem Richter Salomo.
Der sagte nur: „Oho, ach so,
da könnt ja jeder Wasserfloh
verreisen ohne Passparto.
Das geht nicht coram publico,

drum schicken wir den Wasserfloh
sofort zurück nach Waterloo.
Der denkt voll Trotz: „Ach pipapo,
ihr könnt mich kreuzweis irgendwo!"

Franziska Steinkamm

Gedanken

Preis in Lyrik

Gedanken
getragen vom Flügelschlag
der Seele
fliegen
Über unendliche wissende
Wasser
bis
Himmel und Erde –
Grenzen verwischend –
sich berühren.

Peter Weinhold

Über die Grenzen der Theorie

Zwei Menschen treiben auf dem See.
Kein Ufer ist in ihrer Näh'.
Ein jeder kletterte – ganz stolz
auf seinen Mut – auf ein Stück Holz,
und nur der die Balance hält,
vermeidet, dass er runterfällt.
Der eine macht sich viel Gedanken,
wie er vermeiden kann das Schwanken,
und nach sehr komplizierten Regeln
er ruhig und stabil kann segeln.
Doch kurz nur währt der feste Stand,
dann fällt er um – weit vor dem Land.
Der andre überhaupt nicht denkt,
ganz locker er den Balken lenkt
und hat nach kurzer Zeit ganz leicht,
das sichre Ufer so erreicht.
Die Theorie wird dem verleidet,
der dadurch Kentern nicht vermeidet.

Gerhard Lüddecke

Grenzen

Grenzen strukturieren Leben,
sind der Menschen Wildheit Zaum,
können Sicherheit und Ruhe geben,
ordnen stetig Zeit und Raum.

Grenzen schöpfen sich aus Recht,
aus Kultur und Tradition;
meistens nützlich, selten schlecht,
sichern uns Zivilisation.

Grenzen werden oft negiert,
erscheinen überflüssig, stören bloß;
doch ohne Grenzen viel passiert!
Denn ohne Grenzen wäre – grenzenlos!

Grenzenlos sind die Gedanken,
kann Einsamkeit im Alter sein,
sind die Hoffnungen der Kranken,
ist Glück beim ersten Stelldichein.

Grenzenlos sind Glück und Schmerz,
sind Eindrücke, die wir bewahren;
verlässt die Grenzenlosigkeit das Herz
und wird zur Tat – birgt sie Gefahren.

Grenzenlos darf unser Leben
in letzter Konsequenz nicht sein.
Moral und Ethik – unser Streben –
Grenzen unsre Freiheit ein.

Grenzenlos schafft Lust auf mehr.
Disziplin verlässt ihr Bett
und uferlos folgt hinterher:
Moral und Ethik als Roulette.

Grenzen sind der Wildheit Zaum,
ermöglichen Zusammenleben,
ordnen sinnvoll Zeit und Raum.
Grenzen wird es immer geben!

Renate Weidauer

Grenzen

Die Mächtigen sagen: „Grenzen schützen".
Das ist nicht wahr! Grenzen nützen
den Mächtigen. Uns engen sie ein,
lassen Unbegrenztes nicht zu uns herein,
halten uns fest im bewachten Haus,
löschen für uns die Möglichkeit aus
sie zu überschreiten, zu überfliegen;
Grenzen - : Vorwand für den Ausbruch von
Kriegen.

Gisela Wimmer

Grenzüberschreitung

2. Preis Prosa

Als Latifah den ersten Vorort der Hauptstadt erreicht, bricht sie vor Erschöpfung taumelnd zusammen. Unter ihrem ausgestreckten, mageren Körper spürt sie spitze Steine und die Kälte des gefrorenen Bodens. Es riecht nach Rauch und verbrannter Erde.

Sie weiß, dass sie erfrieren wird, wenn sie nicht bald aufsteht, doch es ist ihr gleichgültig. Die Kraft ist restlos verbraucht. Was hat sie schon zu verlieren außer ihrem Leben, das für niemanden mehr wichtig ist.

Es beginnt zu schneien. Sie nimmt kaum wahr, wie leichte, kühle Flocken auf den Augenlidern schmelzen. Ihre Gedanken wandern zurück.

Früher, im Heimatdorf, als sie noch mit Mann und Kindern zusammen sein konnte, da wurde sie gebraucht, war sie trotz der ärmlichen Verhältnisse zufrieden. Ihre Arbeitskraft, mütterliche Wärme und ein schier unbesiegbarer Optimismus waren von entscheidender Bedeutung, die große Familie über Wasser zu halten.

Dann kamen die Heimsuchungen des Krieges. Während der erste Schnee fiel, wurde der Bauer Mahmad, der ihr ein guter Mann gewesen war, erschossen aufgefunden. Eine verirrte Kugel hatte ihn getroffen. Nun war sie für die Versorgung von fünf Kindern allein verantwortlich.
Als die Front näher rückte, floh sie mit anderen Dorfbewohnern aus den Bergen in Richtung der großen Stadt. Hunger und Kälte waren ihre ständigen Begleiter. Ein plötzlicher Angriff aus dem Hinterhalt sprengte die kleine Gruppe auseinander. Viele Menschen wurden tödlich verwundet, unter ihnen drei ihrer Kinder. Da zerbrach ihr Herz. Auf der wochenlangen Flucht durch verwehte Felder und zerstörte Dörfer verlor sie auch noch die beiden Kleinen, die ihr geblieben waren. Der Hunger hatte die Kinder langsam ausgehöhlt und dahin gerafft. Sie sterben zu sehen, ohne helfen zu können, war unermessliche Qual.
Wie breit oder wie schmal ist die Grenze zwischen Leben und Tod? Manchmal ist sie erschreckend schnell überschritten. Die Augen ihrer Kinder erloschen wie Kerzenflammen im Wind, und Latifah verstummte für immer.

Ihre Gedanken kehren in die Gegenwart zurück, als jemand sie am Arm fasst und freundlich anspricht. Sie blickt auf, verwirrt und traurig. Die jetzt herbeigesehnte tröstliche Grenze hat sich ihr verweigert.

Zwei Frauen in blauen Burkas helfen ihr auf die Beine und führen sie in die Ruinen eines zerstörten Hauses. Im Keller gibt es einen notdürftig hergerichteten Raum, in dem schwaches Feuer brennt. Es spendet kaum Wärme, doch es reicht aus, einen Topf mit Wasser zum Kochen zubringen. Die Frauen reichen der Frierenden einen Becher mit heißem Tee, den sie dankbar entgegennimmt. Die bittere, stark gesüßte Flüssigkeit weckt ein wenig ihre Lebensgeister.

Sie trinkt in langen Zügen, gibt das Gefäß zurück. Die Frauen fragen voller Anteilnahme nach ihrer Herkunft, doch Latifah antwortet nicht, deutet auf ihren verschlossenen Mund.

Nach einer Weile geben die freundlichen Helferinnen es auf, ein Gespräch zu führen. Sie geleiten ihren Gast auf die Straße und zeigen auf einen noch unzerstörten Raum im Erdgeschoss des Nachbarhauses. Nachdem sie noch eine zerschlissene Decke gebracht haben, kehren sie in ihre Unterkunft zurück., die keine weitere Bewohnerin mehr aufnehmen konnte. Mit ihren Männern und Kindern leben sie schon zu zehnt darin. Morgen, sagen sie zum Abschied, soll eine Hilfslieferung mit Essen und warmer Kleidung eintreffen. Das gibt neue Hoffnung!

Vor Kälte zitternd sieht sich Latifah in der kargen Behausung um. Die beiden Fenster sind mit starken Plastikplanen, durch die der Wind pfeift, notdürftig verschlossen. Trübes Tageslicht ohne Sicht nach außen dringt herein. Die Tür hängt schief in den Angeln, bietet nur wenig Schutz. Der Zementboden ist rissig und feucht. Von der Zimmerdecke rieselt Kalk, aber sie bietet ein Dach über dem Kopf.

Die Frau schreitet durch den Raum, um die steifen Gliedmaßen zu bewegen. Schützend legt sich die weit geschnittene Burka um ihren ausgemergelten Körper, verbirgt die hervorstehenden Knochen und die faltige, bleiche Haut. Nur dunkle Augen in tiefen Höhlen schauen müde heraus. Es ist ihnen gleichgültig, was sie sehen.

Die fleckige Decke legt sie zusammengefaltet auf eine noch trockene Stelle am Boden. Dann löst sie die umgehängte Beuteltasche von ihren Schultern und lässt sich daneben nieder gleiten. Schmerz durchzuckt sie, als der harte Beton ihr mageres Becken bremst. Hunger schneidet in ihre Eingeweide. Sie würde gerne weinen, aber sie hat keine Tränen mehr.

Ihre kalten Hände kramen in der Tasche und holen die wenigen, ihr verbliebenen Besitztümer hervor: den zerbeulten Becher mit Löffel, zwei wollene Tücher und ein Stückchen Seife. Die schon zerknitterte, verblasste Fotografie ihres

Mannes vom Tage der Hochzeit ist feucht geworden und wellt an den Rändern.

Latifah streckt sich auf dem Boden aus, deckt sich notdürftig mit beiden Tüchern zu. Die Kälte und die Erinnerung tun weh. Das Verlangen nach Vergessen wird übermächtig.
Nach Stunden gleitet sie in den Schlaf. Unruhige Träume quälen sie.

Mitten in der Nacht überschreitet sie lautlos die Grenze zwischen dem Land der Lebenden und dem der Toten.

Albrecht Mitter

Das Lied von Lili Marleen

Es war im Jahre 1944, als ein Schulkamerad zu mir sagte: „Da gibt es einen Soldatensender Belgrad, dort spielen sie jeden Abend um zehn Uhr ein neues Lied." Dann begann er zu summen: „Vor der Kaserne, vor dem großen Tor, da stand eine Laterne und steht sie noch davor ..."

Es gab, wie ich nun erfuhr, einen deutschen Soldatensender auf der Welle von Belgrad. Den durfte man doch wohl einschalten. Auf das Abhören von ‚Feindsendern' standen drakonische Strafen. Nun gut, diesen Soldatensender Belgrad konnte ich auf meinem Volksempfänger suchen, und es gelang mir auch nach einiger Mühe, ihn zu finden. Der Empfang war nicht gut, aber er reichte aus, am Abend das neue Lied anzuhören.

Die Melodie gefiel mir, sie war zugleich schmeichelnd und traurig. Der Text sprach von Sehnsucht und Einsamkeit. Bald zeigte sich, dass viele Leute von dem Lied beeindruckt waren. Es kam der Stimmung der Menschen in jener Zeit entgegen. Sie waren voll Angst und Hoffnungslosigkeit. An allen Fronten befanden sich die deutschen Truppen auf dem Rückzug. Es war nicht lange her, da hatte man in maßloser

Selbstüberschätzung alle Grenzen sprengen wollen, die den Lebensraum der Deutschen einengten. Doch inzwischen gewannen die Gegner im Osten wie im Westen immer mehr an Boden, näherten sich von allen Seiten dem Reichsgebiet, den alten, unantastbar erscheinenden Grenzen Deutschlands. Die Verluste unter den Soldaten an der Front waren ungeheuer. Dazu erlebten die deutschen Städte ständige Luftangriffe und glichen gebietsweise leeren Trümmerwüsten. Es war seltsam, dass unter diesen Lebensbedingungen Musik noch eine Rolle spielte, dass es da so etwas wie einen Schlager gab. Zu einem solchen entwickelte sich nämlich das Lied von Lili Marleen.

Das war nicht erwünscht. Der Rundfunk brachte vorwiegend Marschmusik, die wohl optimistisch stimmen sollte. Zwischendurch einige Schnulzen, wie „Wovon kann der Landser denn schon träumen …" und noch Schlimmeres, fad und sentimental. Doch nun wollten alle das Lied von Lili Marleen hören – ein trauriges Lied, aber echt im Gefühl. Der Dichter Hans Leip hatte die Verse bereits 1915 als Soldatenlied geschaffen. Der Text passte so gar nicht in die Welt des Nationalsozialismus, wo ein spießiger Geschmack befohlen war. Lili Marleen soll Goebbels ja auch wenig behagt haben. Nachdem man das Stück im Zeitgeschmack umfrisiert hatte, marschmäßig mit viel Trommelwirbel, brachten es immerhin auch die gleichgeschalteten ‚Deutschen Reichssender'. Die forsche Aufmachung war für die Hörer ohne Bedeutung. Was sie vernehmen wollten, war die Stimme, die sanfte und schmeichelnde Frauenstimme.

Es war die bis dahin unbekannte Lale Andersen, die das Lied sang. Und ihr Lied bewegte die Menschen. Anfangs wurde es für die deutschen Soldaten gesungen, nur einmal jeden Abend, zum Abschluss der täglichen Ausstrahlungen des Soldatensenders Belgrad. Jeder, der es hörte, spürte die eigene Verlorenheit und doch eine letzte Hoffnung auf ein besseres Dasein. Man hatte von diesem Krieg so genug, war aller Nöte überdrüssig, wollte endlich wieder leben, sich freuen dürfen.

Da geschah das Unerwartete: Nicht nur die Deutschen wollten dieses Lied hören. Auch Russen und Polen, Zwangsarbeiter in Deutschland, ebenso die Alliierten Soldaten, die Sieger, die täglich auf dieses Deutschland einschlugen, sie alle wollten die Stimme aus dem feindlichen Soldatensender vernehmen. Zunächst verstanden sie den Text nicht, aber sie waren angerührt von dem sehnsuchtsvollen Ton. Übersetzungen entstanden schnell, man konnte auf den Straßen das Lied singen hören, in irgendeiner fremden Sprache. Bald sang man an allen Fronten, in jedem Heer, das Lied von Lili Marleen und ihrem armseligen Soldatenfreund, der so wenig von der Zukunft erwarten konnte, der fragte: „Und sollte mir ein Leid geschehn, wer wird an der Laterne stehn, wie einst – Lili Marleen?"

Das untergehende, das unsäglich zerschlagene und gedemütigte Deutschland, es schenkte der Welt noch ein Lied. Ein Lied, das die Grenzen des Hasses, der Trennung und Feindschaft zum ersten Mal nach diesem Krieg wieder überwinden half, das alle Unterschiede aufhob zwischen Siegern und Besiegten, und einen Weg wies in eine neue Zeit der Liebe und des Verstehens.

Veit-Peter Walther

Steinzeit

1. Preis Prosa

Nichts darf verloren gehen, in Vergessenheit geraten. Alles habe ich aufgeschrieben, alles von den Steinen.
Seit frühester Kindheit faszinierten mich Steine. Nie konnte ich an ihnen vorübergehen, immerzu musste ich sie betrachten, anfassen, aufheben, mitnehmen. Dabei habe ich sie nicht gesammelt, wie Sammler dies tun, nach Herkunft, Art und Größe, Farbe gar nach Wert geordnet, katalogisiert, in Regale, Schachteln oder sonstige Behältnisse gelegt. Stets habe ich so viele Steine mitgeschleppt, wie ich irgend konnte. Überall lagen sie zuhause herum, einzeln verstreut oder haufenweise. Als Kind wurde ich dafür gescholten, zuweilen hart gestraft. Regelmäßig entfernte man meine Steine. Erfolglos, denn Steine sind zu ersetzen, ich habe sie schnell ersetzt. Für Notfälle legte ich mir Depots an in Kiesgruben, an Waldrändern, das sicherste sogar unter Wasser an der sanften Biegung eines Flusses.
Was mich dazu getrieben hat, kann ich nicht erklären. Über Jahre, Jahrzehnte, ein ganzes Leben lang. Es geschah, es war mir bestimmt.

Steine fühlen sich unglaublich gut an, beruhigen geben Kraft und Selbstvertrauen, machen nachdenklich. Sie sind Zeitzeugen, Wegzeichen, Wortgeber und Bewahrer, Steine überdauern.

In jungen Jahren hatte ich ein Haus mit Garten, ein bescheidenes Vermögen, geerbt. So brauchte ich mich um nichts zu kümmern, konnte nur für meine Steine leben, frei sein. Als erstes legte ich einen Steingarten an, der rundum durchaus Anerkennung fand. Ich konnte nicht davon lassen, ständig neue Steine anzufügen, musste verändern, ergänzen, vergrößern, erhöhen. Nach kurzer Zeit war der Garten über und über bedeckt, eingesteint. Bis auf einzelne, widerstandsfähige Blasenfarne und dürftiges Steinmoos verschwand das Gartengrün zu meiner Freude völlig. Die Nachbarschaft wunderte sich, man schüttelte den Kopf. Unser bislang gutes Verhältnis trübte sich, versteinerte zusehends.

Schönfarbene Steine, auch mit ausgefallener Form, legte ich im ehemaligen Elternschlafzimmer aus. Mit Körben und Eimern, gefüllt mit einfachen Steinen vom Flusskieselschiefer bis zum Granitbrocken, verbrachte ich die meiste Zeit. Ich warf sie ziellos in den Steingarten. Manchmal sogar über meine Schulter, mit dem Rücken zum Garten! Auf diese Art entstanden Zufallsmuster, Willkürgebilde, Chaosmosaike, Skurrilskulpturen, individuelle Steinkunst.

Nachschub beschaffen, in den Zimmern auslegen oder in den Steingarten werfen, die entstandenen Veränderungen bewundern, war jahrelang meine Hauptbeschäftigung. Nach und nach habe ich Gästezimmer, Kinderzimmer, Wohnzimmer, sämtliche Gänge, Treppen und Winkel zugesteint. Alle Räume, sogar Keller und Speicher, waren bald bis zur Decke versteint. Ich hauste mit einem Feldbett in der Küche. Auch im Garten lagen die Steine inzwischen zaunhoch und bis über die Fensterbretter des Erdgeschosses. Zuletzt blieb nur noch ein schmaler tiefer Pfad zwischen Haus und Gartentor unversteint.

Im Laufe der Jahre habe ich eine Reihe wichtiger, steinerner Botschaften verbreitet, Steinzeichen in Briefkästen, offene Fenster, an Kreuzungen, öffentliche Plätze, vor Gefängnistore und Sozialämter gelegt, in Beichtstühle, Hurenhäuser, Altersheime, offene Gräber, vieler Orts. Die meisten meiner Signale blieben freilich unerkannt, wurden weggefegt. Wen wundert es? Andere liegen noch an ihrem Platz. Eines Tages wird man sie erkennen, deuten, endlich verstehen. Steine haben die Geduld der Ewigkeit.

Zeitgenossen, die mich verlachten oder beschimpften, habe ich mit Steinen beworfen. Obwohl völlig ungezielt, haben meine Steine ihr Ziel selbst suchend getroffen. Erneut wurde ich gescholten, sogar vor Gericht gezerrt. Man hat mich tatsächlich wegen Steinewerfens verurteilt.

Grotesk! Ich werfe schon lange nicht mehr, die Menschen sind meiner Steine nicht wert.

Die meisten Steine habe ich mit einem Code versehen, alphanumerisch, Jahre hat das gedauert: mein Lebenswerk und unlösbares Vermächtnis, da ich den Code verbrannte. Den größeren Steinen gab ich Zusatznahmen wie ‚Liebe-Stein‘, ‚Euro-Stein‘ oder ‚Abschiebe-Stein‘. Auch Sinnsprüche wie zum Beispiel: „Ehre diesen Stein, er könnte Einstein sein". Mit großer Freude erforschte ich die Klänge. Überraschende Akkorde gelangen mir mit Klangsteinen, ganze Symphonien komponierte ich, konzertierte sogar. Wieder waren es Nachbarn, Spießer, Banausen, Bürokraten, die Anzeige erstatteten, drohten, untersagten. Lärmbelästigung nannten sie es. Dummköpfe, engstirnige, hoffnungslos unmusikalische Dummköpfe!

Die Fähigkeit, in Steinen zu lesen, deren Schrift, Zeichen und Bilder zu erkennen, ihre volle Schönheit zu sehen und Strukturen zu erfühlen, ist ein großes Glück.

Mein mitmenschlicher Umgang verkümmerte, beschränkte sich auf die Annahme der Lebensmittellieferungen, seltene Arztbesuche, Post vernichte ich ungeöffnet. Vor Jahren habe ich das Sprechen eingestellt. Worüber sollte ich mit den Menschen um mich herum sprechen? Sie verstehen nichts von Steinen, zeigen nicht das geringste Verständnis. Mein Grundstück verlasse ich niemals, wozu denn? Selten kommen Touristen, meist Japaner, ein Volk mit hoher Steinkultur, sie fotografieren, bitten um ein Autogramm, gerne auf einem Stein, eine seltene Abwechslung, die mich erfreut.

Heute weiß ich, dass alle meine Steine – Grenzsteine sind, die zu überschreiten mir im Laufe der Zeit immer schwerer, zuletzt unmöglich wurde.

Alt bin ich geworden, steinalt und sehr müde. Immer häufiger fühle ich Kälte, die Härte der Steine. Seit Monaten verringere ich meine Nahrungsaufnahme, füge reichlich Steinmehl bei, das ich selbst reibe. Es wirkt: meine Haut wird steingrau und hart, mein Körper immer schwerer, meine Bewegungen verlangsamen sich, ich werde kantiger und felsiger.

Nichts darf verloren gehen, in Vergessenheit geraten. Alles habe ich aufgeschrieben, alles von den Steinen.

Heute beginnt ein neues, mein abschließendes Kapitel, die Zeitenwende. In eine Höhle meines Steingartens habe ich mich zurückgezogen. Für die letzten Tage, für immer, hierher gehöre ich. Sehnsucht, Erlösung. Stein zu Stein, endlich Steinzeit.

Brigitte Walter

Ehrgeiz – grenzenlos

Gerda war voll froher Erwartung. Heute würde es endlich klappen, heute würde sie den ersten Preis davontragen. Ihr Roman war gelungen wie keiner zuvor. Für den Einfall, Quendolins Probleme durch seine Exfreundin hervorrufen zu lassen – konnte sie sich immer noch begeistern. Stilistisch war das Werk makellos, stellenweise brillant formuliert und die Botschaft, die dahinter steckte, musste beim Leser einfach ankommen. Heute würde sie den ersten Preis bekommen, da gab es keinen Zweifel.

Sie setzte sich an den Rand der dritten Reihe, von wo aus sie bequem aufstehen und nach vorn gehen konnte. Mit Gelassenheit sah sie der Preisverteilung entgegen und betrachtete das Publikum; der Saal begann sich zu füllen. Auf dem Podium nahmen Herr Wermut, der Verlagsleiter und Herr Schleuner, der Organisator, Platz. Ein Streichquartett eröffnete die Veranstaltung. Gerdas Gedanken schweiften ab, sie malte sich ihren Triumph aus, und was sie mit dem Preisgeld anfangen würde.

Endlich legten die Musiker die Instrumente weg, der Verlagsleiter begrüßte die Anwesenden, der Organisator hielt eine launige Rede. Beifall.

„Und nun kommen wir zum Höhepunkt des Abends, der Preisverleihung. Die Jury hat drei Werke als preiswürdig erkannt, Sie, verehrtes Publikum, sollen nun mit Ihrem Beifall über die Rangfolge entscheiden. Als erste bitte ich Frau Gerda Rollwitz, ein Kapitel ihres Buches ‚Quendolin‘ vorzulesen!“

Gerda lächelte, nahm auf dem Podium Platz und las ihren Text vor. Blicke ins Publikum verrieten dessen Anteilnahme: fröhliche Gesichter bei den heiteren Stellen, gelegentliches Gelächter, ernste Mienen bei den tragischen Szenen. Gerda war zufrieden mit sich, ihr Werk hörte sich wirklich gut an. Heftiger Beifall belohnte den Vortrag; siegessicher kehrte sie auf ihren Platz zurück.

Herr Schleuner ergriff abermals das Wort: „Uwe Greiner-Schnarles liest nun aus seinen Erzählungen ‚Eisenbahnschienen enden nicht im Nirgendwo‘. Der Autor, ein alerter Sechziger mit weißem Pferdeschwanz, trug mit Pathos vor, fuchtelte mit den Armen und sprang abwechselnd einen Schritt nach rechts, einen nach links. Etlichen Formulierungen war eine lautmalerische Brillanz nicht abzusprechen. Zögernder Beifall.

„Frau Marie-Anastasia Breitner präsentiert jetzt ihren Roman ‚Sommerfeuer‘“, kündigte Herr Schleuner an.

Leichtfüßig eilte diese auf das Podium, legte ihr Manuskript zurecht, lächelte ins Publikum. Dann begann sie zu lesen, mit wohl tönender Stimme

zog sie die Zuhörer in ihren Bann, ließ sie mitleiden, mitbangen und sich mitfreuen. Perfekt beherrschte sie die Skala der Gefühle. Der stürmische Beifall kündete ihren Sieg an. Strahlend dankte sie ihrem Publikum. Noch mehr Beifall. Herr Schleuner schüttelte ihr die Hand: „Es ist das eindeutige Votum des Auditoriums: Ihnen gebührt der erste Preis!"
Gerda war wie vor den Kopf gestoßen. Dieser Roman war eindeutig der schlechtere, kunstlos formuliert – fiel das Publikum auf die herausgeputzte Präsentantin und deren Schauspielerei herein? Die brachte es fertig, einen zweitklassigen Plot zu einem erstklassigen hoch zu stilisieren. Wie aus weiter Ferne hörte Gerda die Stimme des Organisators: „Den zweiten Preis in Prosa dürfen wir vergeben an Frau Gerda Rollwitz, für ihren Roman ‚Quendolin'! – Frau Rollwitz! Sie dürfen es schon glauben, der zweite Preis geht an Sie. Es ist ungewöhnlich, dass Autoren solche Bescheidenheit an den Tag legen, ihre Auszeichnung nicht wahrhaben wollen!" Der Saal lachte, freundlicher Beifall kam auf. Gerda erhob sich, ging schwankend zum Podium, nahm die Urkunde entgegen „ich kann es nicht fassen!"
„Sie haben sich den Preis ehrlich verdient. Ihr Roman ist ausgezeichnet, herzlichen Glückwunsch!"
Lauter Beifall begleitete sie zurück zu ihrem Platz.

Gerda wurde schmerzlich bewusst, so lange die Breitnerin lebte, würde sie nie den Sieg davontragen. Alle Arbeit, alles Bemühen waren vergeblich.

Die Idee, die Verhasste aus dem Weg zu räumen, kam, als sie hörte, dass Marie-Anastasia wegen eines Herzanfalls bei einer Lesung nicht erscheinen konnte.

Herztropfen zu besorgen, erwies sich als Kinderspiel, hatte doch die Mutter stets einen Vorrat im Badezimmerschrank herum stehen.

Beim Literatentreff ergab sich die passende Gelegenheit. Gerda plauderte mit der Prämierten über deren Roman und lobte ihn überschwänglich, dabei unauffällig die tödliche Dosis ins Rotweinglas kippend.

Am folgenden Tag waren die Zeitungen voll von der Schreckensmeldung: Marie-Anastasia Breitner, hoch dekorierte Romanautorin, lag wegen eines akuten Herzanfalls im Hospital. Im Krankenzimmer waren eine Menge Leute versammelt, Kollegen, Freunde, Kritiker; der Patientin ging es bereits besser. In einem dunkelblauen Spitzennegligé hielt sie Hof. Bei dem herrschenden Trubel fiel es Gerda nicht schwer, die bewährten Tropfen in den Traubensaft in der Kristallkaraffe auf dem Nachttisch zu schütten.

Marie-Anastasia verstarb in der folgenden Nacht.

Gerda befand sich bei der Beisetzung unter den Trauernden.

Nun arbeitete sie fieberhaft an ihrem nächsten Werk, ‚Adelgunde’, einem Historienroman, denn die waren derzeit große Mode: die Geschichte eines frommen Ritterfräuleins, das als Geliebte des jüngsten Herzogsohnes, den die Tradition zum Bischof bestimmte, an der Unvereinbarkeit von Liebe und Tugend zerbricht. Er gelang nicht ganz so gut wie ‚Quendolin’, aber die Konkurrentin war ja ausgeschaltet.

Wieder war Preisverleihung angesagt. Wieder saß sie in der dritten Reihe am Eckplatz. Wieder erhielt sie den zweiten Preis. Sie war wie gelähmt.

Mit wichtigtuerischer Miene betrat der Organisator die Bühne: „Und nun stelle ich Ihnen den ersten Preisträger vor, Herrn Alois Almwaldner. Er wird geehrt für seinen Roman ‚Winterschwärze’.“ Ein junger, schlaksiger Mann mit Nickelbrille und langen, dünnen blonden Haaren stolperte aufs Podium. Er zuckte mit der linken Schulter, räusperte sich und begann heiser: “Verehrtes Publikum. Es fällt mir sehr schwer, Ihnen eine – Ihnen das Folgende mitzuteilen. Vom Roman ‚Sommerfeuer’, der letztes Jahr den ersten Preis erhalten hatte, war ich der Autor. Alle Romane, für die Marie-Anastasia Breitner Preise bekam, stammten von mir. Sie war meine Lebensgefährtin.“ Er zog ein großes Taschentuch aus der Hosentasche, putzte sich umständlich die Nase, stopfte das Tuch zurück und fuhr fort: „Zu Beginn unserer Beziehung las sie eine meiner Geschichten und zwar so grandios, dass ich sie kaum wieder erkannte. Mir wurde bewusst, von ihr präsentiert würde mein Werk hervorragend ankommen. Allerdings war es unumgänglich, sie auch als Autorin herauszustellen. Dank ihrer Ausstrahlung und ihres phantastischen Aussehens erhielten wir einen Preis nach dem anderen. Der Erfolg meiner Romane war ihr Verdienst. Es mag nicht ganz korrekt gewesen sein, aber ich war mir sicher, dass das Publikum nichts gegen eine meisterliche Darbietung hatte. Gern bin ich bereit, meine Preise zurück zu geben, gern verzichte ich auf meine heutige Ehrung – mein einziger Wunsch ist, dass Sie meiner geliebten Marie-Anastasia ein ehrendes Andenken bewahren!" Seine Stimme brach, er zog das Taschentuch, wischte sich die Augen und verließ stolpernd die Bühne. Brausender Applaus.

Die einzige, die nicht in der Lage war, eine Hand zu rühren, war Gerda. Sie hörte nicht, was weiter gesprochen wurde, sie bekam nicht mit, was weiter geschah. Als das Publikum den Saal verließ, schob sie sich mit der Menge mit. Sie irrte durch die dunklen Straßen. In einer Bar ließ sie sich einen Cocktail ‚Sunset' mixen.

Als das Glas leer getrunken war, stand ihr Plan fest: es gab eine Möglichkeit, berühmt zu werden,

doch noch in die Schlagzeilen zu kommen, doch
noch Marie-Anastasia zu übertrumpfen: sie
würde einer Zeitung ihre Beichte verkaufen.

Franziska Steinkamm

Grenzbewältigung

Die schwarzen Augen der smaragdfarbenen Eidechse ruhten gelassen auf ihr. Beide – das Tier und die Frau – verhielten in der Bewegung. Erste blinkende Sonnenstrahlen blitzten durch das dichte Nadelwerk der Pinien, fraßen den kühlen Nachttau, erwärmten den Körper des Tieres und gaben ihm seine Beweglichkeit zurück. Gewandt glitt es über die wässrigen Marmorfliesen und verschwand im Netzwerk des Grases.

Lächelnd rückte jetzt die Frau ihren Stuhl zurecht, setzte sich und atmete, ihr Buch auf dem Schoß, Ruhe und Wärme.

Die Geräusche der Stadt drangen entfernt, ähnlich dem Summen der Bienen, an ihr Ohr. Irgendwo spielte ein Kind mit einem Ball. Das rhythmische Aufschlagen trug ihre Gedanken in die Vergangenheit, ließ ihr bisheriges Leben an ihr vorüberziehen. Während sie sich bemühte, Lichtpunkte zu finden, verdunkelte sich ihr Gesicht. Es waren so wenige und diese wenigen waren überschattet von Kampf, Mühen und Sorgen. Aus Arbeit hatte ihr Leben bestanden, aus Pflichtbewusstsein, aus Selbstaufgabe.

Wenn ich erst mal in Rente bin, hatte sie sich versprochen, wird alles anders, dann beginnt mein neues, mein wirkliches Leben. Malen wollte sie, töpfern und endlich lesen, ohne eine drückende Pflicht im Nacken zu verspüren.

Der Einstieg in die Rente hatte tatsächlich eine Änderung gebracht – aber nicht für sie. Ihre Freunde, ihre Kinder genossen jetzt das Leben – wissend um sie, die nicht gelernt hatte, eine Bitte abzuschlagen. Nun betreute sie die Enkelkinder, hörte sich die Sorgen der Freunde an, half in der Nachbarschaft, versorgte Haus und Blumen während diese in Urlaub waren, war immer da, immer gefällig – aber allein, allein mit ihren Beschwerden, ihren Wünschen, ihren Freuden.

Als sie die Grenzen ihrer Gutmütigkeit überschritten fühlte, hatte sie gehandelt. In aller Verschwiegenheit hatte sie ihren Haushalt aufgelöst, ihre Spuren in der alten Heimat verwischt und sich weit entfernt in einem anderen südlichen Land eine neue Bleibe gesucht.

Die Eidechse kletterte auf einen sonnenwarmen Stein und hielt ihren Kopf dem Lichte entgegen. Während sie behutsam den Blick des Tieres suchte, fielen die letzten Reste ihres vergangenen Lebens von ihr ab und zerbrachen auf den glänzenden Marmorsteinen wie tönerne Töpfe.

Auf das Gesicht der Frau kehrte das Lächeln zurück. Sie versenkte sich in die letzten Seiten des Romans. Als sie das Buch zuklappte stand die Sonne fast im Zenit.

Wendelin Rasenberger

Stiftland

Im Jahre 1989 schickte mich mein Arbeitgeber für eine Woche nach Waldsassen. Im Mai ist es abends schon ziemlich lange hell und so beschloss ich, jeweils nach Dienstschluss die Umgebung des Ortes zu erwandern, der sich seit 1896 Stadt nennen darf und durch die Eingemeindungen von 1972 auf stattliche 9000 Seelen angewachsen war.

Die Bundesstraße 299 führt direkt nach Eger, doch sucht man diese Bezeichnung auf den Wegweisern vergebens. Ein Einheimischer erwähnte mir gegenüber: „Wenn ich schon Cheb lese oder höre, dann reicht es mir."

Gleich außerhalb des Städtchens kann man unschwer den Bahndamm erkennen, der sich schnurgerade durch die Landschaft zieht. Die Gleise sind abmontiert. An der Stelle, an der der Bahndamm die Straße kreuzt, steht noch ein ausgedientes Schrankenwärterhäuschen.

Die Landstraße führt in den Wald. Im Boden stecken weiß-blau gestreifte Stangen, die den genauen Grenzverlauf angeben. Seitdem ich das letzte Haus hinter mir gelassen habe, ist die gut gepflegte Bundesstraße vollkommen verkehrsfrei. Stille herrscht ringsum. Kaum hat mich der Wald aufgenommen, liegt ein unbewachter Schlagbaum quer – und laut Schild ist auch den Fußgängern der Weiterweg verboten.

Durch das lichte Gehölz kann man links Wiesengelände entdecken, das sich einen Hügel hinaufzieht, aber den Blick über die Grenze hinaus kaum freigibt. Plötzlich taucht drüben ein Kleinbus auf und bleibt in der Wiese stehen. Eine Handvoll Männer springt heraus. Zwei sind mit Gewehren, die übrigen mit Sensen bewaffnet. Hier wird das Gras gemäht, damit man von der Egerländer Seite einen Blick in die Oberpfalz hat. Einen Wachtturm oder den Drahtverhau kann ich von hier aus nicht entdecken. Von der Straße abzugehen, hüte ich mich. – Es wird hastig gearbeitet. Man hört kaum ein Wort. Bald steigen sie wieder in den Wagen und fahren weiter. Es wirkt gespenstisch.

Wenn man nach Eger fahren will, muss man den Umweg über Schirnding nehmen und auf die Beschilderung nach Cheb achten. Diese Strecke ist doppelt so lang wie die direkten zehn Kilometer hier.

Anderntags mache ich mich auf den etwa vier Kilometer langen Weg zur Kappel, die der allerheiligsten Dreifaltigkeit geweiht ist. Das Kloster Waldsassen ließ von Georg Dientzenhofer dieses Schmuckstück schaffen, das als der bedeutendste Rundbau des Barock nördlich der Alpen eingeschätzt wird. Der

Glasberg bietet nicht nur gute Aussicht ins Egerland und zum Fichtelgebirge. Er war schon seit dem 15. Jahrhundert Ziel einer Wallfahrt, die seit etwa 1690 in der Kappel ihre Gottesdienste feiern kann. Als Gegenstück dazu fällt mir das der Muttergottes geweihte Käppele ein, das sich auf dem Nikolausberg oberhalb Würzburgs erhebt, seitdem es um 1750 von Balthasar Neumann neben einer älteren Gnadenkapelle erbaut wurde. – Welch grandiose Bauwerke doch frühere Zeiten errichten konnten, wobei es uns Heutigen schwer fällt, sie nur zu erhalten!
Ich schaue mir noch die Fresken draußen im Umgang an. Eine davon erinnert an die Wallfahrten der Egerer. Das macht mich nachdenklich und tief betroffen: ich spüre, wie hier eine unfassbare Grenze die Lebensadern einer jahrhundertealten Kulturlandschaft und Lebensgemeinschaft kaltblütig durchschneidet. – Übrigens wirkten auch Künstler aus Eger an der Ausgestaltung der Kappel mit.

Ein anderer Abend führt mich durch das Gebiet östlich des Städtchens. Zwei bayerische Grenzer sind unterwegs und blicken bisweilen durch ihren Feldstecher. Auch dieser Weg wird plötzlich nach Osten hin abgeschnitten. Nur die Wondreb darf weiter fließen. Sie ergießt sich später in die Eger und vereinigt sich schließlich mit dem Wasser der Elbe, um den Höhenriegel im Sandsteingebirge

durchzusägen. Aber auch dort herrscht noch keine Freiheit. Erst knappe fünfzig Kilometer oberhalb von Hamburg kann das Wasser bei Lauenburg den Eisernen Vorhang wieder hinter sich lassen. Der Mensch darf es nicht.
Eine schlichte Steinsäule erinnert an die Vertreibung der Deutschen aus Schönlind, das direkt jenseits der Grenze liegt, aber nicht eingesehen werden kann. Freilich sucht man auf heutigen Landkarten derlei Ortsnamen vergebens. Slapany heißt es stattdessen.

Waldsassen wurde 1133 als Zisterzienserkloster gegründet, wurde 1147 reichsunmittelbar und verfügte zu Ende des 12. Jahrhunderts über sechzig Quadratkilometer Grund. Wie andere Klöster auch, war es Mittelpunkt des religiösen, kulturellen und wirtschaftlichen Lebens, das für ein gutes Jahrhundert durch die Reformation und für ein weiteres halbes Jahrhundert durch die Säkularisation unterbrochen wurde. Grenzen spielten in vergangenen Zeiten für die Kultur kaum eine Rolle, ganz abgesehen davon, dass der König von Böhmen die deutsche Kurfürsten-würde innehatte.
Nachdem der Orden 1864 Teile des früheren Klosterbesitzes zurückkaufen konnte, wird es seit 1925 von Äbtissinnen geführt. Interessierten wird gerne ein Blick in den phantastischen, 1725 vollendeten Bibliothekssaal gewährt. – Den Plan

zur Stiftskirche entwarf der aus Prag berufene Abraham Leuthner. Georg und Leonhard Dientzenhofer führten ihn aus. Bernhard Schießer vollendete 1697 mit der Fassade den barocken Bau, der in den Rang einer päpstlichen Basilika erhoben wurde.

Als die Zollbeamten am 6. Februar 1951 ihre üblichen Kontrollgänge ausführten, sahen sie an einem der Schlagbäume etwas hängen. Als sie näher gekommen waren, entdeckten sie eine verstümmelte Christusfigur, die hier mit einem Strick um den Hals offensichtlich von tschechischen Grenzern aufgehängt worden war. Die Zöllner brachten das geschundene Schnitzwerk ins Pfarramt Waldsassen. In einer feierlichen Andacht erbat man Sühne für das begangene Sakrileg. Die seiner Arme beraubte Heilandsfigur ist in einer der rechten Seitenkapellen der Stiftskirche aufgestellt und wird als Gnadenbild verehrt.

Gerhard Lüddecke

Grenzen

Winter 1981. Die Scheinwerfer unseres Autos stachen in die Dunkelheit. Leichtes Schnee-treiben. Die Autobahn war leer, was uns nicht wunderte, denn wer fuhr schon abends im Dezember bei nasskaltem Wetter von Magdeburg Richtung Grenzübergang Marienborn/Helmstedt.

Wir, meine Frau, unsere beiden Töchter und ich, hatten meine Eltern besucht. Den Jahreswechsel wollten wir wieder daheim im Westen erleben.
Da die Einreise sich trotz der üblichen Kontrolle als problemlos erwiesen hatte, erwarteten wir dies auch bei der Ausreise und hofften, nach fünf bis sechs Stunden zuhause zu sein.
Am Kontrollpunkt allerdings stießen wir auf einen sehr pflichtbewussten Grenzpolizisten. Er prüfte sorgfältig unsere Dokumente und forderte uns dann auf, das Auto zu verlassen. Ich musste nicht nur den Kofferraum ausräumen und von ihm bezeichnete Gepäckstücke öffnen, sondern auch die Rücksitzbank des Wagens sowie alle Fußmatten herausnehmen. Der Grenzer leuchtete mit seiner Taschenlampe jeden Winkel des Autos ab. Seine Gründlichkeit kostete sehr viel Zeit und Nerven. Wir froren entsetzlich. Zu seinem offensichtlichen Leidwesen konnte er nichts

beanstanden, wandte sich wortlos ab und ging in Richtung seiner Baracke davon. Wir räumten Gepäck, Rücksitz und Fußmatten wieder ein und fuhren langsam durch das Stück Niemandsland zwischen den beiden Grenzen.

Plötzlich rief meine Frau: „Schaut, der hat seinen Schlüsselbund vergessen!" und hob einen sehr umfangreichen Bund in die Höhe. Mindestens fünfzehn Schlüssel waren am Ring befestigt. Mein erster Gedanke war: anhalten, umkehren, zurückgeben!

Das wäre bei den getrennten Fahrspuren zwar schwierig, aber ausführbar gewesen. Ich fuhr noch langsamer als ohnehin schon vorge-schrieben, als sich folgender Dialog entspann:

„Wir müssen den Schlüsselbund zurückbringen. Der Grenzer bekommt sonst bestimmt Ärger, wenn er ihn als verloren meldet."

„Das gönne ich ihm. Freundlich war er nicht zu uns. Gefroren habe ich – und das an einer deutsch-deutschen Grenze!"

„Die lassen uns vielleicht nicht wieder ausreisen, weil sie denken, wir hätten Wachsabdrücke gefertigt."

„Der Grenzer bekommt Ärger und wir dann aber auch!"

„Wir sollten die Schlüssel auf unserer Seite der Grenze abgeben. Vielleicht kann sie ein anderer Interzonenreisender wieder mit zurücknehmen!"

„Der Ärger für den Grenzer bleibt aber. Vielleicht machen unsere Leute Wachsabdrücke und dann …?“

„Wir unternehmen nichts! In unserem Auto sind die Schlüssel doch nicht liegen geblieben, oder?“

Meine Frau hatte den Knoten durchschlagen.
Wir passierten unsere Grenzstation und warfen den Schlüsselbund bei Hildesheim, im Schneetreiben, in hohem Bogen in den Mittellandkanal.

Veit-Peter Walther

Das habe ich nicht erwartet

Das habe ich nicht erwartet. So wollte ich das nicht. Natürlich ging ich höchstes Risiko ein: den Selbstversuch. Sollte mein Handeln bekannt werden, wird man mir eines Tages vorwerfen, ich hätte die Grenze überschritten, ungeschriebenes Gesetz gebrochen. Sie irren und sie wissen es. Die so genannte Grenze der Ethik – wer maßt sich an, sie fest zu legen – ist unscharf und veränderlich seit Aristoteles, vor allem: sie wird von den Menschen seit eh und je missachtet.
Ich diene der Wissenschaft, ausschließlich ihr unterwerfe ich die Ethik meiner Gesinnung und meines Erfolges. Das Ziel meiner Forschung ist nicht der Eingriff in Stammzellen oder die Manipulation von Embryonen. In aller Bescheidenheit, ich bin erheblich weiter, Forschergenerationen voraus: ich habe mich selbst geklont. Es ist gelungen!
Alles was ich erreichen wollte, habe ich erreicht, dennoch ist mein Werk nicht vollkommen. An dieser Verantwortung trage ich schwer. Ausbruchssicher existiert seit wenigen Tagen mein Ebenbild. Er, ich habe ihm keinen Namen gegeben, ist ebenso grandios wie grotesk und gleichzeitig grauenvoll. Er ist ich, ich bin er, wir sind eins. So sehr, dass er vom ersten Augenblick

seines Daseins exakt identisch mit mir denkt, fühlt und handelt. Das beobachte, messe und dokumentiere ich zweifelsfrei und lückenlos. Wir sind synchron. Dadurch ist es uns unmöglich, miteinander zu kommunizieren. Ich hatte vorgehabt, durch ihn mein Wissen und meine Fähigkeiten zu vervielfachen, mit ihm zusammen zu arbeiten. Aber das ist ein tragischer Irrtum. Er ist nur mein Spiegelbild ohne Verzerrung, mein Echo ohne Verzögerung, er ist ein zum Individuum gewordener Vorwurf, meine allgegenwärtige und leibhaftige Strafe.

So stehe ich erneut vor einer großen Entscheidung, einer Grenze. Zwar habe ich einen Moment lang daran gedacht, ihn als Organbank zu betrachten, für den Fall, ich benötige eines Tages seine Niere, sein Herz. Natürlich hindert mich die Moral, aber auch der Aufwand. Ich müsste andere, zum Beispiel Chirurgen, einweihen. Das will ich nicht.

Jetzt befasse ich mich mit dem Gedanken, ihn zu töten. Er lebt mein Leben, hängt vollkommen von mir ab, kann nicht bestimmen, eingreifen, verändern. Noch nicht! Will ich überleben, muss ich mich vor ihm schützen, das Leben, das ich ihm gegeben habe, wieder nehmen. Das ist der hohe Preis. Wird sein Tod nicht auch mein Tod sein? Kann ich das riskieren? Ich muss! Kann ich das verantworten? Darauf gibt es nur eine Antwort: ich kann es nicht!

Dagegen trage ich für mein eigenes Leben die
alleinige Verantwortung. So werde ich also mich
töten, damit auch ihn. Oder irre ich erneut? Falls
es dich gibt, Gott, stehe mir bei.
Gezeichnet Dr. Erik Carlson

„Wirklich tragisch, dein rührender Abschieds-
brief, Bruderherz, oder wie soll ich dich nennen?
Du hast dich erneut geirrt. Ich habe überlebt und
deinen Platz eingenommen. Niemand wird es
jemals bemerken, nicht einmal unsere schöne
Anita.“

Emilie Thomas

Der künstliche Mensch

Bioingenieure forschen fieberhaft weltweit mit dem Ziel, den Menschen nachzubauen.

Ersatzteile wie künstliche Hüft- und Kniegelenke, Herzschrittmacher und Prothesen sind uns längst vertraut. Doch jetzt arbeiten Wissenschaftler daran, lebendes Gewebe für komplexe Organe wie Blutgefäße, Nerven, Leber und sogar das Herz nachzubilden. Die zweite Schöpfung ist voll im Gange und die Nachfrage in den führenden Kliniken der Welt enorm. Wo liegen hier die Grenzen?

Solange die neuen Errungenschaften der Heilung von Krankheiten, die bis heute als unheilbar gelten, dienen, kann dies ein großer Segen für die Menschheit sein. So werden bereits Elektroden zur Bekämpfung von Morbus Parkinson, im Volksmund ,Schüttellähmung' genannt, im Gehirn eingebaut. Eine schwierige Operation, denn der Hirnschrittmacher muss exakt platziert werden, da eine geringe Abweichung das Sprachzentrum schädigen kann.

In Amerika haben Wissenschaftler das ,Free Hand System' entwickelt. Menschen, die durch Wirbelsäulenverletzungen ihre Hände nicht mehr bewegen können, soll dadurch geholfen werden. Mittels elektronischer Implantate lernt der Patient

mit der linken Schulter seine rechte Hand zu steuern – sie zu öffnen, zu schließen, zu greifen und zu drehen. Somit kann er nach erfolgreicher Operation die Tätigkeiten, die für Gesunde selbstverständlich sind, wieder ausüben.
Eine Schweizer Firma stellt als erstes Unternehmen industriell produzierte Haut her, sozusagen Haut vom Fließband. Sie kann bei schweren Verbrennungen gezielt eingesetzt werden.
Dies alles geschieht zum Wohle der Menschen, die für den Fortschritt und die daraus resultierenden Behandlungsmöglichkeiten sehr dankbar sind.

Am 26. Juni 2000 sind wesentliche Erkenntnisse des menschlichen Genom-Projektes veröffentlicht worden. Seitdem geht die Forschung unentwegt weiter. Zum ersten Mal scheint die Menschheit fähig, den Menschen selbst zu verändern, ja ihn genetisch neu zu entwerfen. Mit Spannung verfolgen wir die öffentliche Diskussion darüber, was Gentechnik aus ethischer und moralischer Sicht darf und was nicht. Wer setzt hier die Grenzen?

Dora Ferle-Skop

Keine Heimkehr

Grenzen überflogen, Kaliningrad gefunden, aber Königsberg, unser altes Königsberg, war ausgelöscht.

Vor genau 57 Jahren hatten wir gegen Ende des 2. Weltkrieges in einer eisigen Frostnacht mit 28 bis 30 Grad Kälte in den letzten Februartagen 1945 unsere Heimatstadt Königsberg/Ostpreußen in überhasteter Flucht vor der russischen Front, unter starkem Artilleriebeschuss verlassen. Tod und Elend brachen über die Stadt und die Menschen herein. Die totale Zerstörung nahm ihren Lauf, nachdem bereits im Herbst 1944 englische Flugzeuge bei zwei flächendeckenden Bombardements nur wenige Gebäude hatten stehen lassen. Aus Königsberg wurde das russische Kaliningrad. Die verbliebene deutsche Bevölkerung musste Unsägliches leiden, bis auch der letzte ehemalige Königsberger endgültig ausgewiesen wurde. Nur spärlich sickerten die Gerüchte und Berichte durch den Eisernen Vorhang.

Für morgen, den 6. August 1992, hatten wir, Horst, mein Mann, und ich, endlich das Visum und damit die Erlaubnis einer Reise in unsere Heimatstadt in den Händen. Königsberg ist für

Besucher geöffnet, und das Aeroflot-Flugzeug wird uns von Hannover aus hinbringen.

Was treibt uns zu den Stätten unserer Kindheit, die keineswegs nur in glücklichen, satten Jahren verlaufen war oder uns nur auf rosarote Wolken gebettet hatte?

Ich war 13 Jahre als, als der 2. Weltkrieg ausbrach. Lebensmittelkarten, Spinnstoffkleidermarken, Schlangestehen an Geschäften, Bombennächte in Luftschutzkellern, Verlust von Brüdern, Vätern an den Kriegsfronten prägten unsere Jugendzeit.

Ich weiß keine rechte Antwort auf diese Frage und das Heimweh zu finden. Es scheint gegen jegliche Vernunft zu sein. „Die alten Straßen … Häuser sind nicht mehr …", Freunde, Bekannte, Onkel, Tanten, Nachbarn in alle Winde zerstreut. Die Sprache, die Schrift, die Menschen, die Mentalität, all das ist fremd, unbekannt und setzt Grenzen.

Keine Grenze ist schmerzlicher für mich als die zwischen dem deutschen München und dem russischen Kaliningrad im ehemals deutschen Ostpreußen.

Ulla Gerlach-Oberdorfer

Grenzerfahrung: Schlaraffenland

Es ist ein unüberschaubar langer Zug. Von Nürnberg, wo alle gesammelt worden waren, fährt dieser Rotkreuztransport nach Sankt Gallen. Auf den Sitzen, in den Gängen, auf dem Boden schlafen Kinder. Alle haben eine Mappe umgehängt mit den wichtigsten Papieren und der Adresse der Gasteltern. Schweizer Familien päppeln deutsche Kinder auf.
Am Morgen kommen wir in Sankt Gallen an. Wir müssen alle den Zug verlassen. Die deutschen Rotkreuzschwestern verabschieden sich. Das Gepäck wird desinfiziert. Wir Kinder gehen in ein niedriges Haus, wo man uns duscht und entlaust. Der Raum ist ganz dampfig. Auch unsere Kleidung ist zur Desinfektion gebracht worden. Ich reihe mich ein in die lange Schlange nackter Kinder, die von Ärzten inspiziert werden. Wieder mit unserer Kleidung ausgestattet, dürfen wir endlich ins Freie. Die Sonne scheint, und wir erhalten ein Frühstück, bestehend aus Weißbrot und Ovomaltine. Alles ist perfekt organisiert. Nach dem Essen werden wir auf die verschiedenen Züge zu unseren Zielorten verteilt.
In Aarau empfängt mich meine Pflegefamilie auf einem sauberen kleinen Bahnsteig. Nichts ist zerstört. Alles sieht sehr gepflegt aus. Ich werde

neu eingekleidet und bekomme meine Zöpfe ordentlich und straff geflochten und mit prächtigen Seidenschleifen geschmückt. Sonntags gibt es für jedes Kind in der Familie eine Tafel Schokolade für die neue Woche.

Heimweh quält mich trotzdem in dieser freundlichen heilen Welt. Auf der Straße soll ich möglichst nicht sprechen, damit die Nachbarn wegen der Deutschen keine Schwierigkeiten machen.

Jahrzehnte später erfahre ich, dass von all diesen Kindern damals auch Geheimakten in der Schweiz angelegt worden sind.

Kurt Schöning

… und kam fast nackt in Österreich an

10. Mai 1945: Nun ist es geschehen, was nicht geschehen durfte. Ich bin mit Tausenden und Abertausenden Landsern in russische Gefangenschaft geraten. Vier Jahre lang habe ich mich davor gefürchtet.
Deutsch Brod heißt der Ort, wo wir auf dem ehemaligen Flugplatz versammelt werden. Hier treffe ich unseren Beschlagunteroffizier und einen Obergefreiten meiner Batterie. Wo sind die anderen? Keiner weiß es. Sie sind in alle Winde zerstreut. Nur wenige werden irgendwann wieder nach Hause kommen.

15. Mai 1945: Wir werden zu Marschbataillonen zu zehn Kompanien zusammengestellt. Und schon geht es nach Iglau, wo wir uns auf dem Schützenplatz zur Ruhe begeben dürfen. Gegen Morgen wache ich plötzlich auf, weil ein baumlanger Russe an meinem Bein herumzerrt, denn er ist scharf auf meine fast neuen Reitstiefel. Ich protestiere, was mir nur einen Faustschlag ans Kinn einbringt. Seine Botten, die er mir vor die Füße wirft, passen mir natürlich nicht. Schönes Tauschgeschäft! Zu meinem Glück habe ich auf dem Flugplatz in einem Wrack ein Paar Schuhe gefunden. Sie sitzen einigermaßen. Etwas später

heißt es, dass Fotoapparate, Füllfederhalter und Trauringe abzugeben sind. Letzteren sollen sie nicht haben. Ich vergrabe ihn. Nach circa zwanzig Minuten werden die Eheringe zurückgebracht und ich habe große Mühe, meinen wieder zu finden, den ich nun im Jackenfutter einnähe. Die nächsten zwei Nächte rasten wir nach jeweils dreißig Kilometern Marsch auf den Feldern neben der Straße. Unterwegs sind die Rumänen fleißig dabei, den Landsern die Stiefel auszuziehen. Hoffentlich haben die armen Kerle auch irgendeinen Ersatz dabei. Zu Essen gibt es natürlich nichts. Wir leben von den dürftigen Vorräten, die wir mit in die Gefangenschaft gebracht haben, in der ich nicht bleiben werde. Irgendwo werde ich mit meinen beiden Kameraden schon entwischen.

20. Mai 1945 (Pfingstsonntag): Wir haben hinter Brünn gelagert und kommen nun an Holice vorbei. Ein Wegweiser zeigt an, dass es von hier 24 Kilometer bis Lundenburg sind. Aber dahin geht es nicht, wir biegen im rechten Winkel nach Süden ab. Kurz vor der Abzweigung macht die Straße eine Kurve und schlängelt sich über eine Brücke, was bewirkt, dass uns die Wachmannschaften, die vorne und hinten an unserer langen Marschkolonne marschieren, in den nächsten dreißig, vierzig Sekunden nicht im Auge haben. „Da vorne, rechts raus!" zische ich meinen

zwei Begleitern zu. Und dann verschwinden wir im dichten Busch- und Baumbestand, der einen ansehnlichen Bach links und rechts säumt. Wir schlagen uns vorsichtig durch die Wälder und richten uns nach den Moosseiten der Baumstämme oder nach der Sonne, die allerdings nach den heißen Tagen nicht mehr so recht scheinen will. Am Pfingstmontag bekommen meine Gefährten Hunger und wollen unbedingt ein Gehöft anlaufen. Nur mit Mühe bringe ich sie davon ab. Am Abend stoßen wir an einen breiten Fluss, die March. Unsere letzte Verpflegung besteht aus einer Dose Heringe in Tomatensoße, die wir brüderlich teilen. Mit dem Schlaf wird es nichts, denn Milliarden Mücken fallen über uns her.

22. Mai 1945: Wir sind froh, als der Tag anbricht. Ich packe alles, was wir besitzen in meinen kurz vor der Gefangennahme gefundenen Kradmantel mit dem Blut verkrusteten Netzfutter. Als bestem Schwimmer unserer Gruppe meine ich es meinen Gefährten schuldig zu sein, unsere gesamte Kleidung und was wir sonst noch so dabei haben, ans andere Ufer zu bringen. Es gelingt fast mühelos, denn die March fließt nur träge vor sich hin. Herbert folgt mir schnell nach. Eugen tut sich sehr schwer. Im Wald auf der anderen Seite versuchen wir unsere Uniformen zu trocknen, geben es aber bald auf und schlüpfen in die

nassen Sachen. Wir wissen nicht, dass wir uns in einem Walddreieck, das von March und Thaya gebildet wird, befinden. Es wird ein verdammt mühseliger Weg, denn das Überschwemmungswasser steht uns bis an die Knie. Aber noch mehr machen uns die Mücken zu schaffen. Endlich wird der Boden fest. Die Mücken lassen von uns ab. Wir haben den Waldrand erreicht und sehen etwa dreihundert Meter vor uns die Dächer eines Dorfes, in das Herbert und Eugen unbedingt wollen. Hunger! Ich streite heftig mit Ihnen. Plötzlich sehe ich rechts von uns eine Gruppe von Waldarbeitern, die am Sägen und Hacken sind. Natürlich sehen sie uns auch und kommen mit Äxten bewaffnet auf uns zu. „Jetzt aber weg!" rufe ich und springe in einen Bach, dessen Wasser mir bis zum Bauchnabel reicht. „Bleib hier, es hat doch alles keinen Zweck mehr!" rufen meine Kameraden. Da bin ich aber anderer Meinung. „Los, kommt!" Sie kommen nicht.
Gegen Mittag erreiche ich die Schrebergartenanlage eines Dorfes und verstecke mich zunächst hinter einer Hütte, was mir aber bald zu langweilig wird. Zur Landstraße hin steigt das Gelände an, so dass ich nur dann und wann das Dach eines vorüber fahrenden Autos erkennen kann. Als ich meine, nun kommt wohl keines mehr, gehe ich zur Straße. Nichts zu sehen. Kaum bin ich auf der Straßenmitte, kommt aus dem Dorf eine Radfahrkolonne. Die Fahrer tragen

weiße Armbinden und sind mit Gewehren bewaffnet. Miliz! Mir stockt der Atem. Weglaufen! Nee, geht nicht, da haben sie dich gleich. Ich schlurfe mit bleischweren Beinen zum Kornfeld hinüber, nehme prüfend eine Ähre in die Hand, das Korn steht hier schon ziemlich hoch, denke mir, dass ein Bauer vermutlich auch mal so nach seinen Früchten sieht, habe ein selten blödes Gefühl im Rücken und warte auf einen Anruf. Nichts geschieht. Heftig plaudernd fährt die Kolonne etwa zwanzig Meter an mir vorbei. Erst Jahre später komme ich darauf, dass man die Miliz von der Gefangennahme meiner Gefährten unterrichtet hat und man sich um die bemühen will.

Ich marschiere weiter und erreiche bald einen weiteren Wald. Inzwischen ziemlich abgestumpft, trotte ich dahin, auch über eine große Waldlichtung, an der ich rechterhand ein großes, weißes Schloss entdecke. In dem könnte ein russischer General sein Quartier haben, denke ich, als plötzlich hinter mir der Ruf „stoi, stoi, stoi!" erschallt. Erschrocken drehe ich mich um. Etwa hundert Meter hinter mir kommt eine wilde Gestalt auf mich zugerannt, umflattert von einer Zeltbahn und ein Gewehr schwingend. Ich werfe meinen schönen Kradmantel, den ich lose über der Schulter trage von mir und renne auf den schützenden Wald zu. Der junge Mann hinter mir beginnt zu schießen. Die zweite oder dritte Kugel fährt mir heiß an der Innenseite meines rechten Knies entlang, ich knicke kurz ein und schon bin ich im Wald. Ich dringe ein kurzes Stück hinein, schlage einen rechten Winkel, laufe in Richtung meines Verfolgers zurück und werfe mich keuchend zu Boden. Vom Schloss ertönt lautes Geschrei, das aber bald leiser wird, denn dorthin, wo man vermutet, bin ich nicht gelaufen. Dann wird es dunkel. Gehetzt renne ich weiter und weiter, bis das Gestrüpp schier undurchdringlich wird, und ich unversehens an eine runde Betonmauer stoße, die ich vorsichtig abtaste. Es ist ein Bunker der ehemaligen tschechischen Grenzbefestigung. Unter mir erkenne ich das breite silberne Band eines Flusses. Die Thaya! Noch mal ins Wasser mag ich nicht, drum schaue ich, ob ich nicht irgendwo einen Kahn entdecke, finde dagegen ein etwa ein Quadratmeter großes Floß. Ich besteige es, stoße mich vom Ufer ab und – schon liege ich im Wasser. Es ist zu klein für mich. Total durchnässt ziehe ich mich bis auf Hemd und Unterhose aus, werfe Waffenrock, Hose und Schuhe auf die windige Brettstellage, halte mich an ihr mit der linken Hand fest und versuche in Seitenschwimmlage das andere Ufer zu erreichen. Ich saufe fast ab, denn die Thaya ist sehr reißend. Am anderen Ufer wird die Strömung geringer. Schon streifen mich Zweige, das bricht das verdammte Floß auseinander. Ich greife irgendetwas von meinen Klamotten, werfe es auf die Böschung, versuche zu tauchen, um noch etwas zu retten. Vergeblich! Und dann stehe ich da: Hose futsch, Soldbuch futsch, Schuhe futsch. Eiskalt bis auf die Knochen! Es wird wohl gegen zehn Uhr gewesen sein, als ich mich zum Dauerlauf zwinge, barfüßig, was ich in meinem ganzen Leben noch nicht ausprobiert habe.

In einer Strohmiete, mitten auf dem Feld, verkrieche ich mich und bleibe drin bis zum Donnerstagabend, denn ich weiß immer noch nicht, ob ich bereits in Österreich bin.

Als ich es endlich wusste, habe ich dummer Hund mich am 09. Juni 1945 an der bayerischen Grenze bei Wegscheid freiwillig den Amerikanern gestellt.

Ein Jahr später komme ich endlich daheim an.

Rupert Witzmann

San Francisco

Es war 5 Uhr morgens, als das Telefon zu klingeln begann. Binder schaute hinaus. Der Regen klatschte gegen die Fensterscheiben, und verärgert warf sich der Mann auf die andere Seite, um wieder einzuschlafen. Aber das Telefon bimmelte weiter, immer wieder. Nach dem fünften Anruf hob er ab. „Hello … who is there?" sagte er schläfrig. Die Amerikaner würden nie mit den 7 Stunden Zeitunterschied fertig werden! Nach einer Reihe von Geräuschen und Stimmen erwiderte jemand: „Hello, Kurt, bist du das?" Binder nickte: „Ja; James, ich bin es tatsächlich. Was ist?"
„Kannst du Freitag vorbeikommen? Ich habe etwas Interessantes für dich!"
Binder überlegte, ob er wieder aufhängen sollte, aber er war ein Mann, der nicht widerstehen konnte, wenn er das Wort ‚interessant' hörte; besonders wenn es von einem Mann wie Handlow kam. Nach einigem Nachdenken sagte er deutlich: „Gut, James, Freitag Nachmittag. Ankunft so gegen 17 Uhr am San Francisco Airport. Kannst du mir einen Wagen schicken?"
„Selbstverständlich!" Binder hängte auf.

Als er zwei Tage später landete, erwartete ihn ein wolkenloser Himmel mit einer niedrigen Sonne, hinter der irgendwo Hawaii liegen musste.

Washington wartete bereits mit dem Mercedes, den die Firma für alle wichtigen Besucher bereithielt. „Etwas Neues?" Washingtons schwarzes Gesicht strahlte vor Freude, und er hob seinen rechten Daumen hoch. „Etwas Gutes!" Es hatte keinen Zweck, ihn weiter zu befragen.

Die Fahrt ging diesmal nicht in die Stadt, sondern in Richtung San Mateo County, wohin ihn Handlow bei der ersten Fühlungnahme eingeladen hatte, in die Villa am Fuße der bewaldeten Berge, deren Einfahrt durch den großen Garten ihn an Rosamunde Pilcher erinnert hatte.

Ein Mayordomo mit spanischem Akzent führte ihn auf die Terrasse, wo Handlow erfreut aufsprang. „Hello, Kurt! Gut von dir, zu kommen!" Beide deuteten eine Umarmung an und widmeten sich dann unter Einbeziehung von Johnny Walker, Black Label, der Weltlage, dem 11. September, der digitalen Zukunft und den Ehefrauen, die jeweils bei den Kindern zu Besuch waren. Erst nach dem Abendessen fragte Handlow nebenbei: „Was macht eigentlich deine Fabrik? Ihr seid doch jetzt mit eurem neuen Chip alle Sorgen los."

Binder schob die Unterlippe vor: „Ach, du weißt ja, wir laufen auf vollen Touren, aber wir kommen mit den Aufträgen nicht nach. – Und in vier Jahren läuft das Patent aus." Er ahnte, warum man ihn gerufen hatte und war neugierig, wie Handlow seine Ideen formulieren würde.

„Ihr habt nur 800 Arbeiter und wir haben 14 800. Warum lasst ihr euch nicht helfen? Wir haben morgen Vormittag ein Board Meeting, und ich möchte, dass du dabei bist. Meadows wird eine Fusion vorschlagen, und ich möchte vorher wissen, ob du sie annimmst. Wir würden dich zum European Executive Vicepresident von United machen und dir ein entsprechendes Gehalt zahlen." Auf den fragenden Blick von Binder sah er zur Decke hinauf: „In der Nachbarschaft von 20 Millionen Dollar ..."

Sie brauchten ihn für eine Fusion. Als er vor drei Jahren die Firma in eine AG verwandelte, hatte er 55 Prozent der Aktien behalten. Ohne die Badischen Chip Werke mit ihrem Patent war die United ein Drittel weniger wert. Er hatte keine große Lust, seine Unabhängigkeit aufzugeben. Auf der anderen Seite waren 20 Millionen Dollar das Zehnfache von dem, was er aus der Firma herausholen konnte. In einer Welt, die ihre Vorstände mit 20 Millionen bezahlte, sah er nicht ein, warum er zurückstecken sollte. Er runzelte die Stirn: „Und die Steuern? Drüben, in Deutschland, kenne ich mich besser aus." Beinahe hätte er gesagt „habe ich Freunde."

Handlow schüttelte den Kopf: „Wir haben eine Niederlassung in den Cayman Inseln, du würdest dort ausbezahlt. Du musst nur sehen, wie du es in Deutschland unterbringst." Nach einer Pause setzte er nachdenklich hinzu, als ob ihm dieser Punkt erst jetzt eingefallen sei: „Aber ich verstehe, dass eure Regierung zu verhindern sucht, dass bei Fusionen eine Monopolstellung entsteht. Da wir in den Staaten die schwer herzustellende Fassung für euren Chip produzieren, fürchte ich einige Schwierigkeiten."
Binder streckte seinen Arm aus: „Gib mir die Unterlagen und ich werde sie mir durchlesen, bevor die Sitzung startet. Wann fängt sie an?"
„Zwei Uhr, am Nachmittag."
„Wieder im Midtown?"
„Im Konferenzraum im 1. Stock."
„Bist du böse, wenn ich jetzt gehe?"
„Nein. Washington wird dich in die Stadt bringen. Du schläfst im Hyatt House. Wir konnten dich nicht im Midtown unterbringen."

Binder schlief infolge der Zeitverschiebung unruhig. Er hatte vor dem Zubettgehen noch einmal in die Papiere geschaut und hatte jetzt das Gefühl, das dort etwas stand, das ihn beunruhigte und das er wieder finden musste. Er fand, was er gesucht hatte. Die 20 Millionen setzten sich zusammen aus einem United Gehalt von 3 Millionen Dollar und von 17 Millionen Dollar, die aus dem Nettogewinn seiner eigenen Firma kommen sollten. Das sah nicht so gut aus. Er brauchte Zeit zum Nachdenken. Nach dem Frühstück nahm er sich ein Taxi und ließ sich auf der einsamen Küstenstraße absetzen. Der Wind wehte von der Stadt her, nach Mexiko und Südamerika. Er hatte noch viel vor im Leben. Nach zwei Stunden hatte er einen Plan. Eine Polizeistreife brachte ihn nach San Francisco zurück und lieferte ihn sogar im Hotel ab. Amerikanische Gastfreundschaft!

Die Möbel im Konferenzraum waren aus Teakholz. Vom roten Bodenbelag stieg der Duft von Havannas auf. Die Versammlung war größer, als er gedacht hatte. Selbst Smith war aus New York gekommen, begleitet von zwei Beratern, dazu Handlow mit dreien seiner Leute. Ganz im Gegenteil zu den Vorstandssitzungen, die Binder aus Deutschland kannte, war die Stimmung gut. Nach einem Überblick über die Geschäfte in den USA, folgte ein Bericht von Binder über seine Fabrik und seine prinzipielle Zustimmung zu einer Fusion. Nur am Schluss meldete er seine Bedenken bezüglich des Gehalts an. Smith beruhigte: „Wir haben natürlich an diese Schwierigkeit gedacht, aber ihr Gehalt wird von der United aus unseren Cayman Fonds garantiert." Es war etwas Herablassung in seiner Stimme, die durch ein gutmütiges Lächeln gemildert wurde. Alle nickten Binder zu. Soweit

dieser die Verhältnisse in der amerikanischen
Firma kannte, konnte er sich auf diese Aussage
verlassen.

Als die Versammlung dabei war, sich aufzulösen,
kam einer von Smith's Beratern noch einmal mit
dem Problem an, das Handlow am Abend vorher
angesprochen hatte. „Wie können wir die
Bedenken der deutschen Regierung umgehen,
welche die Monopolstellungen im Lande zu
umgehen versucht?" Smith hob die Augenbrauen
und sah Handlow an, der beruhigend die Hand
hob. „Ich habe schon mit Kurt darüber
gesprochen. Das geht in Ordnung. Im Notfall
lösen wir die Firma in Karlsruhe auf und
transferieren das Patent hierher."
Binder durchfuhr ein Schock. Er hatte nie mit
Handlow über eine Auflösung gesprochen. Er
war zwar mit den Caymann Inseln und den
anderen Steuertricks einverstanden, aber eine
Schließung seiner Fabrik würde das Schicksal
von 800 Arbeitern in der kleinen Kreisstadt
besiegeln. Er vergrub den Kopf in beide Hände.
Das Gesicht seines Großvaters, groß und ernst,
tauchte vor ihm auf, der zu sagen pflegte: „Tu,
was du für richtig hältst! Aber denke daran: alles
hat seine Grenzen." „Welche Grenzen?" hatte er
gefragt. „Das wirst du dann selbst wissen."
Binder sah auf und sagte: „Nein, wir werden
meine Firma nicht auflösen!"

„Selbst, wenn es alles über den Haufen werfen sollte, was wir planen?" Es war Smith, der das ohne sichtbare Emotion fragte. Handlow machte eine verzweifelte Bewegung mit dem Kopf in Binders Richtung.

„Selbst wenn wir die Fusion über den Haufen werfen sollten", wiederholte Binder ruhig. Alle erhoben sich und verabschiedeten sich kühl von ihm. Sie hatten von Anfang an die Auflösung der deutschen Firma beabsichtigt. Nur Handlow klopfte ihm vor dem Hinausgehen bedauernd auf die Schulter: Twenty Millions down the drain!" sagte er kopfschüttelnd – die Menschen jenseits des Ozeans hatten noch viel von den Staaten zu lernen.

Regine Münch

Die Büchse der Pandora

Der junge Mann in der Vorlesung fühlte sich plötzlich in die Vergangenheit zurückversetzt. Der Professor am Rednerpult sprach über die Psyche, über die Seele des Menschen. Und dieser Professor verglich im weitesten Sinne, ebenso wie sein Großvater, die Seele mit der Büchse der Pandora.

Erinnerungen wurden lebendig. Er glaubte, seinen Großvater zu sehen, sein markantes Gesicht, das von einer erstaunlichen Harmonie gezeichnet war. Ihm wurde erneut bewusst, wie sehr er ihm fehlte.

Als Peter, der Student – eigentlich studierte er Betriebswirtschaft – mit Markus, seinem Kommilitonen, die Vorlesung verließ, meinte Markus:

„So ein Blödsinn! Wie kommt Professor Kern auf die absurde Idee, die Büchse der Pandora mit der menschlichen Seele zu vergleichen. Siehst du darin einen Sinn?"

Markus fand den Vergleich weit hergeholt, während er Peter nicht unbekannt war. Und so begann er ihm von seinem Großvater zu erzählen.

„Du musst wissen, zu meinem Großvater hatte ich ein ganz besonderes Verhältnis, obgleich 70 Lebensjahre zwischen uns lagen. Wir konnten

74

über alles miteinander reden. Er verstand mich. Selbst meine Musik – Heavy Metal – respektierte er, obgleich er nur Klassik mochte. Ich war 17 Jahre alt, als Großvater starb. Er war es, der mit mir über die Sterne, das Leben und auch den Tod, über seinen bevorstehenden insbesondere, sprach. Zum Beispiel glaubte der alte Herr an ein ‚Weiter‘ nach dem Tode, ein Sichbegegnen in anderer Lebensform nach dem Fortgehen von diesem Planeten.“

„Peter, du schweifst ab, was hat der Tod deines Großvaters mit der Büchse der Pandora zu tun?“

„Es ging darum, dass Großvater mir erklärte, dass ich, wie jeder Mensch auf Erden, einmalig sei. Zum Beispiel, dass jeder Mensch seinen einzig einmaligen Fingerabdruck besitzt, während der ‚innere‘ Mensch geheimnisvoll ist. Großvater war Chirurg, er sagte: die Anatomie des Menschen kennst du, du kannst ihn operieren, reparieren, Teile austauschen, aber seine Seele kennst du nicht. Sie ist ein Geheimnis, etwa wie die Büchse der Pandora. Viele Menschen kennen ihre Seele nicht, wollen sie auch nicht kennen lernen. Sie würden sich wundern, würden sie den Deckel lüften. Da kommt vieles zum Vorschein, es kann dich erstaunen, auch vernichten. Aber vergiss niemals, dass auf dem Boden der Büchse die Hoffnung liegt.‘

Sieh es so, Markus, die Seele, oder die Büchse der Pandora – nenn es, wie du magst – du musst sie kennen lernen. Erst wenn du in die Büchse hineingeschaut hast, weißt du, was in ihr ist, und du lernst dich kennen. In der Büchse liegen deine Gefühle verborgen, wie Angst, Ärger, Liebe, Eifersucht, oder Ähnliches. Mit deinem Geist, deiner Intelligenz, kannst du deine Seele und deine Gefühle erfassen."

„Heißt das, dein Großvater war der Ansicht, dass ich mit meiner geistigen Energie meine Seele auch beeinflussen kann?"

„Ja, wenn du versuchst, alles zur rechten Zeit richtig einzusetzen. Mein Großvater meinte damals, dass ich nun alt genug sei, langsam zu lernen, meine eigenen Entscheidungen zu treffen."

„Hör mal, das haut nicht ganz hin. Du warst noch Schüler, zudem im Internat. Wie wolltest du deine eigenen Entscheidungen treffen können? Du warst doch von den Lehrern und Erziehern abhängig. Wie wolltest du dich durchsetzen?"

„Genau, darum ging es. Seine Worte waren: ‚Geh ein Risiko ein, beginne mit deiner Entdeckungsreise. Öffne die Büchse, öffne Türen, schaue hinein, sieh dahinter, hinterfrage, befriedige deine Neugierde! Durch das Öffnen jedenfalls lernst du Erfahrungen zu machen und mit Erfahrungen umzugehen. Du lernst Grenzen zu erkennen und Grenzen nicht als Hindernisse zu sehen. Das ist sehr wichtig! Gerade in jungen Jahren stößt du an Grenzen. Spring nicht einfach

76

darüber, ignoriere sie nicht, aber lass dich nicht von Grenzen verunsichern und zurückhalten. Lass dich nicht eingrenzen! Benutze deinen Intellekt! Der Schöpfer hat dir Verstand und Talente mitgegeben. Nutze sie, vermehre sie! Das bis du deinem Schöpfer schuldig'."

„Peter, war das nicht ein wenig viel verlangt? In gewisser Weise bin ich heute noch von meinen Eltern abhängig. Ich habe mir mehrmals an Grenzen den Kopf angestoßen, vor allem, wenn ich nicht mit der Meinung meiner Eltern konform ging."

„O, ich habe ebenfalls Lehrgeld bezahlt. Aber die unzähligen Gespräche mit den Eltern und meine humanistische Erziehung haben mir unglaublich geholfen. Großvater lehrte mich, streitbar zu sein, um die Sache zu streiten, nicht persönlich anzugreifen. Vor allem lehrte er mich, den Ton zu wahren. Er brachte mir auch bei, Fehler einzugestehen. Das war sehr wichtig für mich, denn so habe ich gelernt, meine Meinung und Ansicht zu vertreten, jedoch auch, wenn nötig, mich überzeugen zu lassen und meine Meinung zu revidieren, ohne mein Gesicht zu verlieren. Die Gespräche mit meinem Großvater sind das größte Geschenk, das er mir gemacht und als Erbe hinterlassen hat."

„Peter, mir wird bewusst, dass wir heute in der Familie zu wenig Gespräche miteinander führen. Liegt es am Zeitmangel, den wir uns letztendlich nur einreden, denn wo ein Wille ist, ist auch ein Weg, oder aber, und das glaube ich, Alt und Jung respektieren sich zu wenig, üben zu wenig Toleranz. Ich für meinen Teil werde versuchen, Diskussionen nicht zu meiner Eingrenzung zu betrachten, sondern mich ihnen stellen."

Teil II

Ausgewählte Texte 2003

(Die ersten Preisträger des Wettbewerbs 2002
durften zwar Texte einreichen, konnten aber nicht
wieder ausgezeichnet werden. Mit dieser
einjährigen ‚Sperre' werden Seriengewinner
vermieden.)

Ruth Brückner

Erwartung

Es dämmerte und dunkel ist es schon,
ich steh am Fenster – will die Läden schließen.
Da seh' ich dich am Gartentor,
im schwachen Licht der Straßenlampe
gehst du den Weg zum Haus.
Bald wirst du bei mir sein,
mich in die Arme nehmen.
Doch ich höre nicht den Schlüssel in der Türe,
keine Schritte, die dein Kommen melden.
Es war ein Traum, so sehr der Wunsch,
dir wieder nah zu sein.
Dunkel ist der Garten nun und leer,
nur Kinder spielen unter der Laterne.

Josef Kokott

Fliegende Träume

Ein Teppich aus Smyrna, in Gold gefasst,
mit bunten Fäden durchwoben,
der mich stets dann, wenn es mir passt,
fort trägt durch die Wolken, hoch oben.

Er begleitet mich in jedem Traum,
kein Stern ist ihm zu weit,
er gleitet mit mir durch weiten Raum,
durch Gegenwart und Vergangenheit.

Er zeigt mir, wo ich einst gern gespielt,
wo ich geborgen und glücklich war,
wo ich als Kind Welt und Liebe gespürt.
Diese Liebe trug mich Jahr für Jahr.

Der Teppich kommt meinen Wünschen entgegen,
er trägt mich sogar ins Schlaraffenland.
Dort gibt es alles – welch ein Segen!
Das Glück ergreif ich mit bloßer Hand.

Wie schön ist es, in Gedanken zu fliegen,
alles ist möglich – jedoch nur im Traum.
Wird der Alltag die Träume besiegen?
Auch der Vogel braucht zum Ruhen den Baum.

Die Tage kommen und sie vergehen,
wir nehmen sie an. Schau nicht zurück!
Es gilt, gelassen die Zukunft zu sehen.
Nicht nur zu fliegen, ist wahres Glück.

Gisela Wimmer

Traumreise

Auf Silberflügeln gleite ich
durch einen dunklen Traum.
Vertrautes flieht, verwandelt sich,
verfremdet Zeit und Raum.

Ich fahre übers weite Meer,
die Segel sind gesetzt.
Nur Wind und Wetter um mich her,
verlasse ich das Jetzt.

Mein Ufer heißt Vergangenheit,
wo nun der Anker fällt.
Ich treibe durch gelebte Zeit
in wohlbekannter Welt.

War ich denn glücklich einst als Kind?
Es ist so lange her.
Gefühle noch lebendig sind,
beschwingt und lastend schwer.

Ich blicke ruhevoll zurück,
send' dankend einen Gruß
an Jahre voller Schmerz und Glück
in meines Lebens Fluss.

Nun fährt mein Schiff zur Küste hin,
die mir die Zukunft weist,
zu fragen, suchen nach dem Sinn,
bin nie so weit gereist.

Doch meine Füße wollen nicht
betreten dieses Land.
Verhülle, Morgen, dein Gesicht
und bleib mir unbekannt.

Mein Leben fließt so, wie es will,
als Strom, ins Meer zuletzt.
Vertrauend auf das ferne Ziel
erwache ich im Jetzt.

Renate Weidauer

Träumend

Steige ich nachts die Stufen hinab,
hinab in das Dunkel der Träume,
gehe die Wege, die Schlaf mir gab,
durch die Schwärze der weiten Räume.

Erfüllt sie mit weichen Fingern das Licht?
Beginnen die Bilder zu blühen?
Funken der Helle, weichleichtes Gewicht
überlagert das zaghafte Glühen.

Tropften vom Himmel die Sterne
des Nachts in schwebenden Traum?
Ziehen die Klänge von Ferne
Spuren durch dunkelnden Raum?

Ihn füllten die bunten Figuren;
woher sind die Farben erwacht?
Sie malen leuchtende Spuren
in die farblose Sanftheit der Nacht.

Ent-decken die Schwermut, das Schweigen,
es gibt sich den Worten preis.
Worte und Bilder zeigen,
was ich des Tags nicht mehr weiß.

Albrecht Mitter

Träume

Es hat eine seltsame Bewandtnis mit unseren Träumen. Von alters her glauben die Menschen an eine tiefere Bedeutung der Träume, ja an deren zukunftsweisende und prophetische Kraft. Was man allerdings im Traumbuch der Zigeunerin lesen kann, ist nicht sehr tief schürfend. Stereotype Merkmale sollen bestimmend sein, etwa ausgefallene Zähne für den Tod von Angehörigen. Die Legende von Joseph in Ägypten und seiner Deutung der Träume des Pharao ist origineller, aber weit hergeholt. Für Sigmund Freud, den Pionier der psychologischen Forschung haben Träume ebenfalls eine ausschlaggebende Bedeutung. Bei ihm gelten keine abergläubischen Orakel, sondern psychologische Hintergründe werden auf scharfsinnige Weise analysiert. Für Freud kommt all das, was die Gesellschaft tabuisiert, was schließlich wir selbst nicht mehr zu denken wagen und deshalb verdrängen, im Traum wieder zum Vorschein. Weil diese im Unbewussten verborgenen Wahrheiten aber allzu gefährlich sind, müssen sie im Traum verschlüsselt werden, sind nicht mehr ohne weiteres zu verstehen. Freuds Theorien erscheinen modernen Psychologen allzu einseitig, nur begrenzt wissenschaftlich begründet. So findet man regelmäßig in Fachzeitschriften neue Forschungsergebnisse, nach denen es rundweg abgestritten wird, dass Träume mehr sein sollen, als Abfallprodukte unseres Denkens.

Aus eigener Erfahrung möchte ich sagen, dass Träume zwar oft nur den Alltag widerzuspiegeln scheinen, dass sie aber gleichzeitig auch Hinweise auf ganz oder teilweise verdrängte, insgesamt wichtige und unbewältigte Angelegenheiten unseres Lebens darstellen. Es muss sich dabei nicht um Außergewöhnliches handeln. Jenes „Unbewusste", in dem unsere Träume angesiedelt sind, erinnerte mich oft schon an Aufgaben, deren Erledigung ich hatte aufschieben wollen, die ich in einer wirklichen oder meiner geistigen Schublade hatte liegen lassen. Das unerbittliche Unbewusste ließ das nicht zu, mahnte mich an notwendige Entscheidungen, durchaus zu meinem eigenen Wohl.

In meinem Lehrberuf geschah es, dass Schüler mich bei Problemen um Rat fragten, mir oft von sich aus Träume berichten wollten. Da war die Studentin, die wiederholt den Traum hatte, dass sie von Glaswänden umgeben sei, alle Vorgänge draußen beobachten konnte, aber selbst nicht in der Lage war, etwas zu unternehmen. Im Gespräch ergab es sich, dass sie den Kontakt zu einer für sie wichtigen Person verloren hatte und darunter sehr litt. Ich gab ihr den Rat, unter einem

Vorwand diese Verbindung noch ein letztes Mal herzustellen, dabei die Mitteilungen endlich auszusprechen, die ihr so am Herzen lagen. Das Unternehmen gelang, und die Träume hörten auf. So war die Lösung dieses Problems durch das richtige Verstehen des Traumes gelungen.
Eine andere Geschichte erfuhr ich von einem jungen Mann. Er kam auf mich zu, wollte mir seinen Traum erzählen, den er ebenfalls immer wieder in gleicher Art erlebte. Er träumte nämlich, er fahre in einem rasanten, schicken roten Sportwagen an einem Seeufer entlang. Erst war dies ein herrliches Gefühl, aber dann verlor er die Herrschaft über den Wagen, stürzte ins Wasser und war in größter Gefahr, zu ertrinken. Ich fragte ihn, ob es in seinem Leben Schwierigkeiten gebe. Zunächst verneinte er, gab schließlich zögernd zu, dass er durch die Freundschaft zu einer jungen Frau an den Rand eines Nervenzusammenbruchs geraten sei. Er war in eine unhaltbare Abhängigkeit geraten, sie ließ ihn ihre Überlegenheit dauernd spüren. Aber nach außen wollte er den forschen Liebhaber spielen, auch der Freundin gegenüber, um jenes vorgetäuschte Bild aufrecht zu erhalten. Ich schlug ihm als Deutung des Traumes vor: du hast das Fahrzeug deines Lebens nicht mehr in der Gewalt, du spürst die Gefahr, abzustürzen. Der Traum wiederholt sich, er ist eine Warnung. Diese Deutung konnte er spontan akzeptieren.

Wie ich später erfuhr, war diese Erkenntnis der erste Schritt, sich aus der Verstrickung zu befreien.

Ich selber konnte immer wieder aus scheinbar unwichtigen Träumen hilfreiche Fingerzeige zum Verständnis meiner augenblicklichen Lage erhalten. So träumte ich einst wiederholt, ich müsse mich durch Gestrüpp und andere Hindernisse arbeiten. Dies geschah zu einer Zeit, in der ich durch bestimmte berufliche Aufgaben stark gefordert war. Diese Träume drückten sicher auch Angst aus, waren gleichzeitig eine Warnung, jene Probleme nicht zu verdrängen. Die Einsichten, die der Traum vermittelte, halfen bei der Aufarbeitung der inneren Spannungen, ließen mich planmäßiger und gesammelt die Lösung der Schwierigkeiten angehen.

Seit ich älter werde, träume ich immer wieder von fahrenden Eisenbahnzügen. Manchmal kann ich noch aufspringen, oft fahren sie mir aber davon. Manchmal sehe ich alle meine Freunde in einem Zug davonfahren. Eine Deutung solcher Träume erscheint mir nicht schwierig. Der fahrende Zug verkörpert das Leben. Kann ich noch mitfahren? Muss ich zurückbleiben? Anders und gespenstisch ist das Bild des Zuges, in dem meine Freunde mir vorausfahren, in eine unbekannte Zukunft, in eine andere Welt. Ich bleibe, nur vorläufig, zurück.

Ein ganz bestimmter Traum ist mir deutlich in Erinnerung geblieben, obwohl er schon lange zurückliegt. Er geht weit über jenes geschilderte Reflektieren des Alltags hinaus. Ich hatte einst, als Kind, die gewaltige Steigerung des deutschen Selbstbewusstseins während der Hitlerzeit ganz unkritisch miterlebt. So war ich sehr begeistert, als eines Tages bei einem Manöver der deutschen Wehrmacht ein großer Tross von Soldaten, Pferden, Fahrzeugen an unserem Haus vorbeizog. Da war sogar der Herr Hauptmann, der beeindruckend und stolz auf einem Pferd dem ganzen Trupp vorausritt. Mir gefiel das alles sehr gut, und ich verschwendete keinerlei Gedanken daran, dass diese Pracht einmal elend zugrunde gehen könnte. Aber da hatte ich nicht lange später einen Traum: ich hörte traurige Musik und sah all' die Soldaten nun in umgekehrter Richtung, elend, abgerissen, mit verzweifelter Miene, wiederum an unserem Haus vorbeiziehen. In dem Traum, und trotz meiner kindlichen Unerfahrenheit, wusste ich: das war ein geschlagenes Heer, Soldaten auf dem Rückzug, ohne Hoffnung, ohne Zukunft. Soweit der Traum. Und einige Jahre später wurde dies alles Wirklichkeit. Ganz genau so, wie ich es geträumt hatte, in derselben Richtung zogen 1945 die letzten Reste der stolzen deutschen Armee an unserem Haus vorbei, mit Pferdewagen, mit abgerissenen Soldaten, für die der Krieg längst sinnlos

geworden war, und für die er doch noch nicht
enden durfte.

Brigitte Walter

Mein Urlaubstraum

Mark Twain hat mir aus der Seele gesprochen, denn er schrieb, dass ein Mensch mit ungehemmter Einbildungskraft einen Fehler begeht, wenn er sich anschickt, eines der Weltwunder anzusehen; die Wirklichkeit enttäusche ihn jedes Mal.

Genauso ging es mir. Studierte ich die Reiseprospekte, war ich nur zu gern bereit, die blumigen Beschreibungen für bare Münze zu halten. Aber was fand ich? Statt der ‚pittoresken Altstadt' eine Ansammlung von heruntergekommenen Häusern; die ‚römische Arena' glich einem Trümmerhaufen; der ‚malerische Fluss' plätscherte als armseliges Rinnsal dahin; der ‚einmalige Lorbeerwald' bestand aus einem Hain magerer Bäumchen; die ‚großartige Dünenlandschaft' schrumpfte zu ein paar Hügelchen zusammen, der ‚spektakuläre Wasserfall' quälte sich über seine drei Felsstufen. Ich erwachte aus meinem Traum.

Nach vielen Jahren Reiseerfahrung ist es gelungen, mir meine Vertrauensseligkeit auszutreiben, der Wahrheit gefasst ins Auge zu sehen und zu erkennen, wie verlogen Prospektautoren sind. Geläutert, abgestumpft, desillusioniert plante ich eine Reise nach

Neuseeland – allseits gerühmt als das schönste Land der Erde.

Die schönste Stadt, das schönste Schloss, den schönsten See, das schönste Dorf der Welt – alle hatte ich kennen gelernt und allenfalls mit Note Zwei bewertet. Neuseeland sollte sich nur nicht zu früh rühmen!

Eines Nachmittags sitze ich am Ufer eines Flusses. Seine kleinen silbrigblauen Wellen hüpfen über Kiesel, vorbei an einer Sandbank, auf der lupinenartige Blumen in gelb, rosa, rot und violett wuchern. Der Fluss windet sich durchs Tal vor den mit dichtem Gras bewachsenen Hügeln. Gruppen der verschiedensten Laubbäume sind wie zufällig darauf gesetzt. Dahinter erheben sich dunkle, kahle Berge mit ihren im Sonnenlicht weißsilbern glitzernden Schneeflecken. Keine Menschenseele rings umher, bis auf einen reglosen Angler in der Ferne. Vogelgezwitscher und das Plätschern des Wassers sind die einzigen Laute. Traumhaft!

Ich wandere durch einen Regenwald. Ein Bach mit rotbraunem Wasser und weißen Schaumkrönchen schlängelt sich am Weg entlang, umfließt Felsbrocken, bildet Kaskaden. In einem tief ausgewaschenem Loch haben sich irgendwelche organischen Stoffe zu einer seifenschaumähnlichen Masse zusammengeklumpt; wie eine Hochzeitstorte kreiselt sie auf dem Wasser. Uralte, Moos überwachsene Stämme stehen und liegen umher, an einigen Stellen mit sattem Grün frisch austreibend. Pittoreske Schmarotzerpflanzen siedelten sich auf ihnen an, liegend, stehend und hängend bezaubernde Arrangements bildend. Farne in allen Größen, mit mächtigen Blättern in kräftigem Grün bis zu feinfiedrigen hellen Wedeln, manche schneckenförmig eingeringelt, machen sich zwischen den Bäumen breit. Ein Chor von Vogelstimmen beherrscht den Wald. Ich setze mich auf einen Stein und schaue zu, wie ein im Sonnenlicht glitzernder Wasserfall den Bach aufrührt, mit lautem Platschen. Keine Menschenseele weit und breit! Natur – urweltlich! Traumhaft!

Durch einen Licht durchfluteten Märchenwald streife ich, klettere Grasbüschel bewachsene Dünen hinunter zum Meeresufer. Meine Zehen graben sich in weißen Sand. Meilenweit zieht sich die Bucht hin. Die ausladenden Bäume mit den leuchtendroten, puderquastenähnlichen Blüten spenden großzügig Schatten. Gelegentlich kann ich nicht widerstehen, eine der flachen Muscheln mit dem sanften Perlmuttschimmer aufzuheben – fürs Fotoalbum daheim, wo sie zu den Bildern geklebt werden. Weiße, rotfüßige Vögel fahren mit ihren langen roten Schnäbeln in die Gänge der Sandwürmer. Weit hinten bauen ein paar Kinder an einer Sandburg, auf den Wellenbergen tauchen gelegentlich die Köpfe dreier Schwimmer auf. Ich setze mich auf das weiß gebleichte Skelett eines angeschwemmten Baumes, versenke mich in das stets von neuem faszinierende Schauspiel der Wellen des türkis bis violett leuchtenden Meeres. Ein paar Inseln sind hineingesetzt, baumverziert. Die Silhouette eines Schiffes unterbricht die scharf gezeichnete Horizontlinie. Seevögel kreischen. Sonst herrscht Stille. Traumhaft!

Die blumigen Beschreibungen der Reiseprospekte von Neuseeland erwiesen sich gegenüber der Wirklichkeit als armselige Machwerke. Mein Traum ist wahr geworden. Ich kann die Augen schließen, und bin wieder an dem Fluss mit den vielfarbigen Blumen, in dem Regenwald mit seinen Baumriesen, an dem Ufer des türkisblauen Meeres. Und wenn ich es mir sehr wünschte, könnte ich – vielleicht – noch einmal diesen Traum erleben.

Peter Weinhold

Ein böser Traum

Wie jeden Tag nach dem Abendessen öffnete Herr Biedermann die Tür seines Hauses und betrat mit seinem kleinen Hund die Straße. Dann schloss er sie hinter sich – leise und bedächtig, wie es seine Art war. Er wollte über die Straße zum kleinen Park gehen, in dem er immer um diese Zeit seinen Hund spazieren führte.

Aber heute war es irgendwie anders als sonst. Gewöhnlich ist die Straße um diese Zeit immer voller Autos, lärmender Lastwagen und eiliger Menschen, und der Verkehrslärm deckt alle anderen Geräusche zu.
Jetzt aber war es völlig still.
Herr Biedermann bemerkte erstaunt eine lange Reihe von seltsamen Personen, die wie eine undurchdringliche Mauer vor ihm standen. Keiner dieser Leute hatte das Aussehen, wie man es sonst auf dieser Straße gewöhnt war. Es gab eine große Anzahl von Männern und Frauen mit dunkler Hautfarbe oder asiatischen Gesichtern, aber auch Menschen, die offensichtlich Europäer waren. Alle boten einen erbärmlichen Anblick. Manche Männer hatten nur ein Stück Stoff um die Hüfte geschlungen, man sah ihren nackten Oberkörper, auf dem sich die Rippen des

Brustkorbs unter schlaffer Haut abzeichneten. Auch die Frauen wirkten armselig, düster und hinfällig. Sie trugen verschlissene Bekleidung, die Löcher und ausgefranste Nähte aufwies. Die Kinder mit freudlosen Gesichtern – einige versteckten sich so gut es ging hinter Erwachsenen, hatten dürre Ärmchen und eingefallene Wangen. Manche dieser Gestalten besaß keine Schuhe, die Füße waren nur mit Lappen umwickelt. Aber alle waren still.

Eine Frau, die sicherlich noch nicht sehr alt war, aber wie eine Greisin wirkte, trat auf Herrn Biedermann zu: „Warum hast du uns die Tür verschlossen?" schrie sie mit kreischender Stimme. Er schaute sich um und konnte die Türe, aus der er doch eben noch gekommen war, nicht mehr sehen. An deren Stelle gab es eine dicke Stahlplatte ohne Schloss und Klinke, die für Menschen unüberwindlich schien. Er blickte an dem Haus entlang und sah zu seiner Verwunderung eine endlose Häuserfront, die bis zum Horizont reichte. Viele erleuchtete Fenster waren zu sehen, aber nirgends Türen.

„Du hast uns die Tür verschlossen!" schrie die Frau abermals. Als er sich wieder zu ihr umdrehte, erschrak er. Die Mauer aus Menschen hatte sich in Bewegung gesetzt und rückte Schritt für Schritt zu ihm vor. Er wich zurück, bis er mit dem Rücken zur Wand stand. Er hatte das Gefühl, in der Menge der Leute unterzugehen.

In diesem Moment wachte Herr Biedermann auf. Sein Radio, das sich jeden Morgen zur selben Zeit automatisch einschaltete, hatte ihn geweckt. Von seinem Albtraum noch ganz benommen, hörte er das Ende der Nachrichten des Radiosenders:

„Anlässlich seines Besuches in der Bundesrepublik, äußerte der Friedensnobelpreisträger aus Südafrika, Erzbischof Tutu, seine Besorgnis über die zurückgehende Bereitschaft der Industrienationen, Mittel für die Entwicklungshilfe bereit zu stellen. So ist die öffentliche Entwicklungshilfe der OECD-Länder seit 1990 von 0,3 Prozent auf 0,2 Prozent des Bruttoinlandproduktes gesunken. Andererseits verbrauchen 20Prozent der Weltbevölkerung etwa 80 Prozent der heute erzeugten Güter.

Und nun folgt der Wetterbericht: Trotz Eintrübungen bleibt es in Mitteleuropa aufgrund einer stabilen Hochdruckwetterlage im wesentlichen heiter und sonnig."

Her Biedermann freute sich über das schöne Wetter und nahm sich vor, nicht mehr an seinen Traum zu denken.

Maria Dragotin

Mein Vater

Ich habe von meinem Vater geträumt. Hell gekleidet, jung und schön, wie er einmal war, kam er zu mir, breitete seine Arme aus und umarmte mich. In dieser Umarmung fühlte ich mich von Liebe und Geborgenheit umhüllt. „Ich darf noch ein Jahr bei euch bleiben" – hörte ich ihn sagen und wusste, dass der Tod ihn nicht ganz aus unserem Leben nehmen konnte.
Ich wurde wach und dachte: „Vati, in meinen Gedanken und Träumen wirst du nicht nur ein Jahr, du wirst immer darin bleiben.

Gerhard Lüddecke

Seitenwechsel

1. Preis Prosa

Als die Schüsse fielen, lagen wir unter einem dichten Gebüsch am Waldrand. Mein Herz klopfte so stark, dass ich Angst hatte, man könne es bis zum Wachtturm hören, der circa 40 Meter vor uns am Zaun stand. Wir, mein Freund und ich, wollten in den Westen und waren bestens vorbereitet.

In der Klinik hatten wir auch ehemalige Grenzsoldaten behandelt, die sich unbekümmert mit uns über ihren Dienst unterhalten und berichtet hatten, wie sie es wohl anfangen würden, über die deutsch-deutsche Grenze zu gelangen. Keinesfalls dürfe man mit einem Rucksack oder Koffer in die schon vor der Grenze gesperrte 5-km-Zone reisen, auch nicht mit dem Fahrrad oder Auto, sondern mit dem Zug und vom letzten Bahnhof aus mit dem Postbus.

Wir hatten schwarze Anzüge an, weiße Hemden und schwarze Krawatten. Bis zur letzten Busstation trugen wir auch einen großen Kranz mit einer Schleife mit der Aufschrift: „Wir denken immer an dich – deine Freunde Gerhard und Dieter".

Unverkennbar waren wir unterwegs zu einer Beerdigung. In einer kleinen Aktentasche befanden sich persönliche Utensilien, in einem inneren Seitenfach 75 Meter Klingeldraht, eine Taschenlampe, eine Batterie und ein Kurzzeitwecker.
Unser Kapital war in die Krawatte eingenäht: Westgeld!
Den Kranz legten wir auf einem Friedhof auf einem Grab ab und gingen los.
Wir kannten uns aus, denn vor 26 Jahren hatten wir in dieser Gegend im Rahmen der Kinderlandverschickung gelebt. Wir Schulkinder waren damals mit unseren Lehrern aus den von den Alliierten bombardierten Städten aufs Land evakuiert worden.
Vom Friedhof aus schlichen wir vorsichtig, aber zielstrebig Richtung Grenze, verbrachten in einem Versteck die Zeit bis zur Abend- dämmerung und tasteten uns dann weiter. In der Dunkelheit sahen wir vor uns das Aufblitzen der Scheinwerfer, die hin- und hergeschwenkt, den Grenzzaun beleuchteten.
Als die Schüsse fielen, lagen wir unter einem dichten Gebüsch am Waldrand – vor uns eine freie, gerodete Fläche mit dem Fahrstreifen für die motorisierte Grenzpatrouille, dahinter, wie ein Hochsitz, der Wachtturm. Die Schüsse hatten nicht uns gegolten, sie waren von rechts von einem weiter entfernten Turm gekommen.

Es war so, wie wir erzählt bekommen hatten. Unter dem Turm herrschte Finsternis, da die Scheinwerfer zur Seite strahlten – und wer wechselt schon direkt unter einem Wachtturm über die Grenze! Ganz schwach konnten wir auch unter dem Turm im Zaun die Tür erkennen, die nie abgeschlossen sein durfte, um den Grenzern ein schnelles Betreten des jenseitigen Vorfeldes zu ermöglichen.

Dieses Vorfeld war 20 Meter tief vermint, enthielt aber eine gewinkelte Rettungsschneise. Die eigentliche Grenze mit dem Grenzpfahl lag 30 Meter hinter dem Zaun.

Unsere schwarzen Anzüge machten uns fast unsichtbar. Wir hängten die bereits vorher präparierte Taschenlampe weit rechts von uns an einen kleinen Ast, klemmten den Klingeldraht ein und zogen ihn bis zu unserem Gebüsch. Wenn wir jetzt die Enden des Drahtes zusammenfügten, musste die Taschenlampe unübersehbar leuchten, allerdings nicht in unsere Richtung. Wir nickten uns zu und holten tief Luft. Dann schlossen wir den Kontakt. Die Taschenlampe am Ast warf ein pendelndes, helles Licht in das Dunkel. Schon nach wenigen Augenblicken rumorten die zwei Grenzer auf dem Turm, riefen irgendetwas, richteten den Scheinwerfer in Richtung der Taschenlampe, die, was nicht einkalkuliert war, vom Ast auf den Boden fiel und erlosch. Schnell wurde der Wecker auf zwei Minuten eingestellt.

Wir huschten gebückt über die freie Fläche. Schon nach Sekunden standen wir unter dem Turm, der Scheinwerfer leuchtete noch immer in die falsche Richtung.

Die Zauntür ließ sich lautlos öffnen. Wir warteten. Die Rettungsschneise war, wie wir wussten, ein Meter breit und nach einem einfachen, merkbaren System angelegt. 1949 war das Gründungsjahr der so genannten DDR. Jede Zahl steht für entsprechende Meter, beginnend nach links. Also, links 1 Meter, dann nach rechts 9 Meter, wieder links 4 Meter und wieder 9 Meter nach rechts.

Endlich rasselte der im Gebüsch versteckte Wecker, und über uns auf dem Turm wurde es lebendig. Der Scheinwerfer schwenkte auf das Gebüsch und wir hofften, dass auch die Aufmerksamkeit der Grenzer dorthin gerichtet war. Wie liefen los. Ein großer Schritt nach links, dann nach rechts – da stolperte ich und schlug hin. Benommen blieb ich liegen, nun war alles aus. Ich schwitzte vor Angst. Der Krach musste auf dem Turm gehört worden sein

Ich hielt den Atem an, da rasselte der Wecker nochmals und eine Stimme rief: „Guten Morgen, Schatz, du musst aufstehen und denk daran, noch heute in Puchheim deine Beiträge für den Literatur-Wettbewerb abzuliefern!"

Ein Albtraum war zu Ende!

Gisela Wimmer

Traumzeit

Wie schon so oft, konnte sie auch heute nicht einschlafen. Ruhelos wälzte sie sich im Bett hin und her. Es war heiß im Zimmer. Durch die Lamellen des nicht ganz herunter gelassenen Rollos leuchtete der Vollmond herein. Wie unverschämt rund und hell er heute wieder ist, dachte sie.
Gereizt stand sie auf und schloss die Ritzen fast völlig. Nur noch schwach waren jetzt die Umrisse der Möbel zu erkennen.
Sie legte sich wieder hin und versuchte, Ruhe zu finden, leider vergeblich. Was soll's, ging es ihr durch den Kopf, nur nicht aufregen, dadurch wird es noch schlimmer. Das Tagespensum morgen werde ich schon irgendwie schaffen!
Die Standuhr in der Diele schlug Mitternacht. „Guten Morgen" sagte sie zu sich selbst und drehte sich wieder auf den Rücken.
Wie seltsam! Das schwache Licht im Zimmer begann sich plötzlich zu verändern und Nebelschwaden breiteten sich aus. Die vertrauten Konturen der Möbel verschwammen.
Knarrend ging die Tür auf. Eine dunkle Gestalt huschte herein und trat leise an ihr Bett.

Mann oder Frau? Ein schwarzer Umhang mit Kapuze ließ nur das weiße Gesicht mit stechenden Augen frei.

„So, du kannst also nicht schlafen", flüsterte eine heisere Stimme. „Das ist aber gar nicht schön, du Arme. Doch ich werde dir jetzt ein Schlummerlied singen, das du niemals vergessen wirst!"

Das unbekannte Wesen begann mit tonloser Stimme zu singen, gleich dem Rascheln vertrockneter Blätter im Wind.

Die Weise hatte keine Melodie und keine Worte, die sie hätte verstehen können. Unheimlich und bedrohlich klangen die zischenden Laute an ihr Ohr – eine Beschwörungsformel?

Sie bekam Angst und wollte sich aufsetzen. „Nicht doch", flüsterte das Wesen, „ du musst liegen bleiben und wirst lange, lange schlafen und träumen."

Dürre Knochenhände drückten sie unbarmherzig nieder. In Panik versuchte sie, sich loszureißen, aber eine dichte Wolke legte sich als Kissen auf ihr Gesicht und erstickte ihren Entsetzensschrei.

Atemlos fuhr sie hoch, schloss aber sogleich geblendet die Augen. Es war heller Tag und sie fand sich auf einem belebten Platz inmitten einer großen Stadt wieder. Wo war sie nur – und wie konnte sie hierher gelangt sein? Ratlos schaute sie sich um. Die Menschen ringsumher schienen seltsam gekleidet. Altmodisch, stellte sie fest.

Als sie an sich herabblickte, bemerkte sie zu ihrem Erstaunen, dass sie selbst ein ähnliches langes, fahlbraunes Gewand und flache Riemenschuhe trug. Außerdem hielt sie einen großen Korb in den Armen, der mit Blumen gefüllt war. Es gab überall Stände mit Obst und Gemüse. Ein Wochenmarkt? Sollte sie hier ihre Ware verkaufen? Zu welchem Preis?

Aufmerksam lauschte sie den Stimmen der Vorübergehenden, um sich zu orientieren, aber sie stellte fest, dass sie die Sprache nicht kannte.

Verwirrt schloss sie die Augen. Träumte sie etwa? Nein, alles wirkte lebensecht. Wie süß die Blumen dufteten und die Vögel sangen! Doch etwas passte nicht: Zeit und Ort waren falsch. Für alle oder nur für sie?

Unsicher schaute sie sich um. Sie erkannte nichts wieder. Auch schien es so, als ob die Leute sie nicht bemerkten. Sie sahen an ihr vorbei und durch sie hindurch. „Hallo", flüsterte sie, „kann mir bitte jemand sagen, wo ich hier bin?" Aber es hörte sie niemand.

Sie bekam eine Gänsehaut trotz des warmen Sonnenlichts. Vielleicht war es ja doch ein Traum. Sie blickte an sich herab um zu sehen, ob ihre Gestalt einen Schatten warf. Ja, sie hatte einen, aber alle anderen nicht. Also war sie wach und die Umgebung nur ein Trugbild. Langsam zweifelte sie an ihrem Verstand und verlor vollends die Orientierung.

Alles um sie herum begann sich zu drehen. Wer bin ich, dachte sie, wo gehöre ich hin? Wo sind meine Zeit und mein Zuhause, und wie ist mein Name? Sie hatte alles vergessen.
Verstört senkte sie den Blick.
Hinter geschlossenen Lidern sah sie andere Räume, fremde Menschen, ferne Länder und immer wieder sich selbst mittendrin in einem neuen Schicksal, unbekannt und doch so vertraut.
Es ist nur ein böser Traum, dachte es in ihr, aber jetzt habe ich genug und will aufwachen! Sie öffnete die Augen, jedoch das Zeitkarussell drehte sich weiter, immer rundherum.
„Bitte, es soll endlich anhalten und ich möchte wieder ich sein!" flehte sie inständig. Ob sie wohl jemand hörte?
Die tonlose Raschelblätterstimme raunte in ihrem Kopf: „Sei doch nicht so ungeduldig! Weißt du denn, wer du bist, wer du warst und wer du sein wirst? Kennst du dich selbst? Was ist Wirklichkeit, was ist Illusion?

Finde es heraus und träume – lange, lange!"

Biographien

<u>Ruth Brückner,</u> geb. 24.02.1918 in Hattingen bei Essen. Seit 1928 in Bayern/FFB. Schreibt seit Jahren, erst für die Enkel und nun über ihre Gedanken und Erlebnisse.

<u>Maria Daragotin,</u> Dipl. Ing. Geboren in Bulgarien, seit 1980 wohnhaft in Puchheim. Verheiratet, zwei erwachsene Söhne.

<u>Dora Ferle-Skopp,</u> geb. in Königsberg in Ostpreußen, 1945 Flucht. Lebt seit 30 Jahren Puchheim. Geigerin in verschiedenen Orchestern. Als Malerin dem phantastischen Realismus nahe stehend. Seit 1993 mehrere Bücher über Kindheit und Jugend in Königsberg, außerdem Romane, Kurzgeschichten und Autobiographien.

<u>Ulla Gerlach-Oberdorfer,</u> geb. 1938 in Aussig Böhmen. Nach Wanderjahren durch ganz Deutschland, bedingt durch den Krieg und seine Folgen, in Germering gelandet. Lehramt für Biologie, Chemie und Geographie. Drei Kinder. Gedichte und Kurzprosa.

<u>Josef Kokott,</u> geb. 1924 in Oberschlesien, Humanistisches Gymnasium. Nach Krieg und Gefangenschaft seit 1949 in Bayern. Verheiratet, ein Sohn. Schulleiter in München. Betreuung von

Auslandsschulen in Südamerika. Engagiert in deutsch-französicher Freundschaft. Seit 1986 im Ruhestand. Mitwirkung in Bildungsgremien, zahlreiche Gedichte und Erzählungen.

<u>Regina Münch,</u> es liegt keine Biographie vor.

<u>Gerhard Lüddecke,</u> 1930 in Magdeburg geboren. Nach dem humanistischen Abitur Studium der Medizin und Psychologie in Halle und Göttingen. 1972 Zuzug nach Fürstenfeldbruck. Prokurist und Leiter der Ausbildungsabteilung einer Arzneimittelfirma. 1998 Ruhestand, 2001 erstmals Teilnahme am Senioren-Literatur-Wettbewerb; Hobbys: Modelleisenbahn, Literatur.

<u>Albrecht Mitter,</u> Professor, 1929 in Dachau geboren, Münchner Gymnasium. Im Krieg Brandbekämpfer, Dachdecker, Totengräber. Nach Kriegsende erst zögernd, dann begeistert die neuen Freiheiten erlebt. Diplom, mit Vater in der Modebranche. Erneutes Studium, Staatsexamen, Dozent an der FH München, jetzt im Ruhestand.

<u>Wendelin Rasenberger,</u> 1933 geboren; sieben Jahre Dienst an oberbayerischen Volksschulen, zwölf Jahre Aufenthalt in den USA, seit 1973 in Eichenau. Von 1974 bis zum Ruhestand sog. ‚hauptamtlicher' EDV-Lehrer für Behördenangestellte und damit vermutlich der dienstlängste

mit dieser Aufgabe Betraute beim Staat. Verheiratet, vier Kinder.

Kurt Schöning, geb. 11.10.1921 in Schwerin/Mecklenburg. Schriftsteller, Graphiker, Werbeberater, Buchautor. Verheiratet, zwei Kinder. Veröffentlichungen in Fachzeitschriften, Bücher u.a.: „Kleine bayerische Geschichte", „Der Holzwurm lässt schön grüßen", „Schnupftabak-Brevier". Gestalter der Titelseiten der Seniorenbücher 1 bis 4.

Franziska Steinkamm, Münchnerin, seit 1967 in Puchheim ansässig, Mitglied in verschiedenen Münchner Künstlerkreisen, mehrere Veröffentlichungen von Lyrik und Prosa. Seit 2002 Inhaberin des Magie-Verlages Puchheim.

Emilie Thomas, 1935 in Riegerschlag /Sudetenland geboren. Nach mittlerer Reife Ausbildung zur diplomierten Krankenschwester in England, über 25 Jahre in England und Australien tätig. Seit 1993 in Puchheim.

Brigitte Walter, geb. 1932 in Berlin, lebt seit 1945 in Bayern, schreibt seit Jugendtagen. Leitet seit 1996 ein Schreibseminar in einem Nachbarort.

Veit-Peter Walther, ein „typischer Skorpion" sagen manche, die ihn zu kennen glauben. Seine Lebenskurven schwingen vom früheren Kellner, zum Soldaten und Fallschirmspringer, vom Restaurant-Geschäftsführer zum vierfachen Großvater, „literarischer Autodidakt" und Spätentwickler. Schätzt die Nähe Münchens und vieles mehr.

Renate Weidauer, geb. 1945, seit 30 Jahren mit Familie in Puchheim. Jugendzeit in Dresden, Berlin und München, Abitur in München, Studium der Germanistik. Unterricht an bayerischen Gymnasien und in Schweden. Über 20 Jahre an der Münchner Abendschule (Erwachsene, zweiter Bildungsweg) tätig; 20 Jahre „Schreibpause"; seit 1994 vor allem Lyrik; zwei Lyrikbände und einen Prosaband veröffentlicht, in zahlreichen Anthologien, auch Prosa; Lesungen; seit 1999 Beauftragte für die Seniorenliteratur in Puchheim.

Peter Weinhold, geb. 1933 in Schlesien / Breslau, lebte mit seinen Eltern nach Kriegsende im Thüringer Wald. 1952 an der Universität Leipzig Studium der Chemie, das nach erneuter Flucht in Heidelberg fortgesetzt wurde. Dort unter prominentem akademischen Lehrer gearbeitet. Nach Abschluss des Studiums zusätzliche Ausbildung zum Patentanwalt. Verheiratet, zwei

Stiefkinder. Dankbar, dass es nun möglich wird, Ausschau zu halten, nach weiteren wichtigen Dingen im Leben.

<u>Gisela Wimmer,</u> geb. 1935 in Berlin, Hausfrau, verheiratet, vier Kinder, seit 30 Jahren in Puchheim wohnhaft. Gedichte und Kurzgeschichten aus Freude am Schreiben.

<u>Rupert Witzmann,</u> Jahrgang 1919, humanistisches Gymnasium, 15 Jahre als Augenarzt in Peru. Nach Rückkehr in der klinischen Forschung tätig. 1975 bis 1987 wieder als Augenarzt in Puchheim. Verheiratet, drei Töchter. Verfasser zahlreicher Bücher über medizinische Themen und Textverarbeitung. Initiator der Puchheimer Literaturwettbewerbe und des Solon Verlags.